サメを追っかけ、
病にも追っかけられて

手島和之

はじめに

昭和二十二（一九四七）年生まれの私は、太平洋戦争の敗戦から七十四年目の令和元（二〇一九）年八月十五日で満七十二歳となりました。

巷での会話を耳にしました。

「戦争を知らない団塊世代のヒトが、いよいよ、七十歳代になったんだね。もう、そんな歳になるのかね」

「早いね、時間の経つのは」

「誰がいい出したのかね～。人生百歳時代とか」

「百歳までたいした病気もせず、多少耳が遠くなり、目がぼやけても、元気に歩くことができ、ご飯をおいしく食べることができたら、本当に幸せだね……」

「本当だよね、私もそうありたいものだね」

ところが、私自身、七十一歳で急性骨髄性白血病を患い、一ヶ月に十日間の入院生活を繰り返しています。

病は本人に相談なく勝手に忍び寄って来て、知らず知らずのうちに、健康な身体に住み着いてしまいます。

「病さん、あなたが住み着いている私の身体、私が死んだらあなたも死ぬのよ」

病は驚いた様子で、

「へ〜、本当にそうなの、信じられない」

「おバカさんね、そんなことも知らないの。そうなのよ、私が死んだら、私の身体は消滅するのよ。そしたら、あなた、どこに住むつもりなの」

「どうしよう、ね、どうしたらいいの」

「はは〜、そんなこといって、誰かの身体に乗り移ろうという算段なのね。そう簡単にうまく運ぶかしらね」

「どうすればいいの、ね、教えてよ」

「どうすればいいのかって、勝手に住み着いておきながら。無責任なことだわね」

「でも、何とか考えてよね」

「そうね〜、私が死ななければいいのよね。ただし、ある程度元気な身体でね」

「あ、そうか、あなたが死ななければ、私も生きていられるのよね」

「それには、病さん、あなたは、絶対に暴れないで、大人しくしていてね。そしたらお互いに生活できるのよ。せめて、あと五年、仲良く一緒に過ごしましょうね」

「うん。分かったよ」

「本当に分かったの」

と、いったところで本当に分かったかどうか。分からないだろうね。でも、分かってよね。

高額医療費制度があるお陰で、何とか治療に専念できていますが、実際の医療費は膨大な額に達しています。

こういう状態になって、心の思いを書けるうちに書いておこうと、ここに残すこととします。もし宜しければ、ご笑覧下さい。

なお、思いつくままに書いたため、異なった項目内に重複している内容があります。また、年代は順不同となっています。ご了承下さい。

【目次】

はじめに …… 2
定年退職・妻の死そして母の死 …… 8
食道の破裂 …… 11
急性骨髄性白血病 …… 15
お上がり …… 18
海技実習 …… 20
ビールは不浄か …… 23
マレーシアでの日々 …… 29
英語（一） …… 33
英語（二） …… 37

英語（三）……41
星ふる夜にホシはなし……44
ホシザメとシロザメ……49
交尾をするさかな……54
卵生・胎生・胎盤……58
胎盤についての会話……64
お父さんと信くんとのおはなし……67
世界のホシザメ類……72
水産大学校助手と水泳部顧問……78
文部省移管……88
アメリカの親友シーヒーさん……91
アメリカ東海岸におけるシャークマンについて……94
水産庁遠洋水産研究所……101

北東太平洋において …… 105
水産庁西海区水産研究所下関支所 …… 108
水産庁西海区水産研究所石垣支所 …… 110
第二背鰭を欠くオオテンジクザメ …… 113
オオテンジクザメの子供 …… 117
水産庁東北区水産研究所 …… 122
退職 …… 125
恩師・水江一弘先生 …… 128
長府に住んで …… 134
ビダーザ療法 …… 140
おわりに …… 142
父から託された最後の仕事（手島信洋） …… 144

定年退職・妻の死そして母の死

平成二十（二〇〇八）年三月、三十五年間勤務した水産大学校と水産研究所を定年退職しました。妻と故郷の山口県下松《くだまつ》市へ帰って来ました。

私が高校生の時に父親が購入した建売住宅地に、小さい家を新築し、そこに母親は一人で暮らしていました。

突然、三人暮らしとなりました。それまで気ままに暮らしていた母親と、新規にその領地に侵入した妻との間で、しばらくするとぎくしゃくした心の葛藤が生じました。それでも大過なく一年以上が経過しました。

一～二ヶ月前から咳き込んでいましたが、妻本人は軽い風邪をひいたのだと思い込んでいました。平成二十一年五月十三日に熱が出ましたので、近所の総合病院へ同行しました。レントゲン撮影の結果、肺はほとんど真っ白でした。診察した医師は直ちに専門の医師がいる山口宇部医療センターへ連絡をしました。その日の午後、車で宇部市にある医療センターへ急行しました。次の日、原因を探るための検査が行われました。数日後、肺から見つかった細胞片から、肺腺がんで第四期にあると知らされました。医師より告知を受けた時、妻はがんで病んでいるなどと思いもしなかったため、深い衝撃を受けていました。

七月十四日に一般病棟から緩和ケア病棟へ移動しました。亡くなる一ヶ月前頃までは、普通に療養をしていました。その後、次第に酸素の供給量も増加し、呼吸と呼吸の間隔が長くなり、平成二十一（二〇〇九）年十二月十九日早朝、静かに息を引き取りました。満六十歳でした。亡くなる三～四日前から呼吸も絶え絶えな悲痛な状態で、故郷の長崎に帰りたいと訴えていました。しかし、病状から移動は不可能と判断して、彼女の最後の望みを、私は拒みました。今にして思えば、やるせない気持ちでいっぱいです。

患者が死亡して退院すると、その時点で、残された患者側と病院との関係は終わります。しかし、残された遺族の悲しみは、その時点から始まります。

妻の死から十年以上が経過した現在では、時の流れが悲しみを和らげる作用を果たし、思い出は心の安らぎとして同化しています。しかし、妻の死後半年近くは、すべてが虚無と化し、無為の動作となりました。

療養中の患者と家族に対するメンタルケア（精神的療養）はもちろんのこと、患者の死亡後の遺族、特に伴侶を失った者に対するグリーフケア（悲痛的療養）、この二つのケア、特にグリーフケアが医療機関において早急に実施されることを切望致しております。

妻の死から一年後に、母親が亡くなりました。脳溢血でした。九十二歳でした。母親は天寿を全うしたと信じています。

私が大学二年生の時、父親が事故で亡くなりました。私の学費を捻出するために、戦時中看護婦であった経験を活かし、母は再び看護師として働きました。今思えば、母親の苦労も知らず、どこ吹く風の風体で、学生生活を楽しんでいました。自分の子供が大きくなった今、改めて親の偉大さに気が付きました。九十二歳まで生活をしていた時に、なぜ、感謝の気持ちを素直に現わせなかったのか。

「この、親不孝者が」

と、自分にいい聞かせ、今頃になって、時折、母親を想い出します。

ふと、涙をぬぐう私がいます。

食道の破裂

平成二十九（二〇一七）年十一月四日深夜、就寝中に吐き気を催しました。トイレで勢いよく二回吐いた直後、耐え難い激痛を上腹部に感じて、その場に倒れてしまいました。

「二度と飲みませんから、神様、仏様、どうか助けて下さい」

と、心の中で必死に叫びました。遠のく記憶の中でやっとの思いで、一、一、九と携帯電話の番号を押しました。

私が運び込まれたのは、下関の関門医療センター救命救急センターでした。直ちに検査が行われました。病院からの連絡により、駆けつけた長男夫妻と二男は、主治医となる先生から、

「検査の結果、食道が破裂しており、手術の必要があります」

と、告げられたそうです。事実、私は重篤な状態に直面していたのでした。

その日の午前十一時から、三時間半にわたって手術は行われました。気が付くと、手術は終わっており、もうろうとした意識の中で、長男と二男が何かを話しかけていました。

朝、目覚めると、口が重たくしゃべれませんでした。呼吸器が装着されていました。このため、術後二日間は、筆談によって看護師さんとの意思の疎通は図られました。それにしても、思ったことがいえないことは、腹膨るるわざの如きでした。十年前に他界した妻が入院中しばらくの間、

呼吸器を装着していましたが、自分が同じ状態になって、初めて妻の苦しさを理解することができました。

三日後、集中治療室から外科病棟に移動しました。術後検査のため、食道透視が行われましたが、残念なことに、造影剤の漏れが認められました。このため、唾の飲み込みさえ禁止されました。食事に代わる栄養は、十一月では、点滴によって二十四時間体制で、十二月では、半液体状物質を直腸まで運ぶ経鼻経管によって、十二時間体制で補給されました。

半液体状物質を運ぶ管は、詰まりなどによってうまく機能せず、途中で三回交換されました。交換に際し、鼻から管を通し食道、胃そして十二指腸へ達するまで、ぐいぐいと管が差し込まれ、涙が出る思いでした。

病室は四人部屋で、それぞれのベッドはカーテンで仕切られていましたが、朝、昼、夕食時になると看護師さんによって、私以外のベッドに食事が運ばれて来るのが分かりました。それでも、なぜか、食べたいとは感じませんでした。

しかし、十二月十八日頃から身体に異変を感じました。喉が渇いて、渇いて、気が狂いそうな状態となりました。

「みず、水が欲しい。どうして耐えればよいのか」

と、この苦しい状態を、主治医の先生に訴えました。すると、幸運なことに、一日百ミリリットル程度の水の摂取を許可して下さいました。

ごっくん、と水を飲みこみました。食道を通って胃に達する冷たい水の感覚。

「ああ〜、生き返った」

本当に生き返ったと感じました。忘れもしない、十二月二十六日、入院五十三日目の私にとっては〝命の贈り物〟でした。

平成二十九年十一月四日の術後から平成三十年一月初めまで、数回にわたり食道の漏れの検査が行われました。検査の度に、

「今度こそは、うまくいきますように」

と、祈りました。それでも、漏れがあり、何度となく落ち込みました。しかし、一月四日、ついに幸運は訪れました。漏れは治まっていたのでした。次の日の内視鏡による検査でも、問題はありませんでした。

「やった」

と、心の中で叫びました。

苦しかった経鼻経管による栄養補給は、一月五日昼で終了し、夕方から、栄養飲料を直接口から飲むことができるようになりました。体調が徐々に良くなり、体力が増すにつれて、食べたい気持ちが次第に増大してきました。睡眠中、はっと気が付くと、夢の中で口をもぐもぐと動かしていました。お腹と背中がくっつきそうな気持ちが分かりました。

心待ちにしていた一月二十九日となりました。午前七時半、食事を運ぶワゴンの音。

「お待ちかねの朝食ですよ！」

と、看護師さんの声。真っ白い三分粥、具なしみそ汁、形なしほうれん草。八十七日目にしてやっと叶った瞬間でした。その瞬間、なぜだか自然に涙が出ました。

二月五日、九十四日目にして無事退院することができました。

戦後の昭和二十二（一九四七）年生まれの私にとって、白いご飯を食べることは、物心がついた頃の憧れでした。入院八十七日目の朝食のお粥は、六十数年前の憧れを、はるかに超えたおいしさでした。

その時以来、食事の度にお粥の味を想い出し、今まで以上に感謝して、ご飯を頂くようになりました。

「おいしいご飯、今日もごちそうさまでした」

急性骨髄性白血病

平成三十一（二〇一九）年一月四日、散歩中に急に息苦しくなり、歩けなくなりました。二男に伴ってもらい、掛かり付けの内科の先生に診てもらいました。血液検査の結果、貧血と診断されました。疑うところがあり、関門医療センターの血液が専門の先生に紹介状を書いて頂きました。

一月七日、紹介状を持って関門医療センターを訪れ、糖尿病・血液内科の先生の診断を仰ぎました。血液検査の結果、骨髄異形成症候群であると診断され、しばらく様子をみることとなりました。何回か診察を受けているうちに、ヘモグロビン値が低下し、輸血を受けることとなりました。二月二十八日に白血球数が基準値の五倍近くになり、三月四日に入院となりました。入院してすぐに血液検査を行うと、白血球数が基準値の十一倍を示し、以前採集した骨髄液の分析結果と併せて、急性骨髄性白血病と診断されました。

三月六日正午から寛解・治癒を目指し、抗がん剤であるイダマイシン・キロサイド溶液による点滴を、二十四時間五日間連続で実施しました。一ヶ月以上経過しても、治療で低下した血液成分値が正常値に戻りませんでした。四月十二日に主治医の先生から、抗がん剤の効果は、期待できなかったことを告げられました。

四月十五日から、新たにビダーザ療法を開始しました。土日を除き七日間、一日につき五十ミリリットルのビダーザ溶液を点滴します。四月二十三日に一回目の治療が終了しました。五月十三日から再び同じ療法を繰り返しました。ビダーザ治療を二回行い、五月二十三日に退院しました。その後、六月、七月、八月、九月と同じ治療法を、一ヶ月のうち、十日間入院して、繰り返し行っています。

ウエブサイトによりますと、ビダーザは、骨髄異形成症候群治療薬として開発された新薬で、平成二十三（二〇一一）年に承認されました。この療法は従来の治療法より多少の延命効果が期待されるとのことです。

最初の治療がうまくいかず、一ヶ月毎の繰り返しを生涯続けると思うと、とまどい、そして深く落ち込みました。しかし、現在の治療法により入院期間を除くと、しばらくの間は何とか普段と同じ生活ができること、さらには、世の中には、私より難病の人々が大勢いることなどを思うと、現状を認め、意思を強く持ち、未来志向で進むことに決めました。

前回（食道破裂による入院）と今回の治療には、私の支払い能力をはるかに超えた医療費が費やされています。我が国の高額療養費制度によって恩恵を受けていることに感謝しつつも、団塊世代の一員として、高額な医療費を費やすことに、なぜか申し訳ない気持ちを感じています。

残された人生、何かのお役に立つことができれば、多少なりとも申し訳ない気持ちを補えるのではないかと思いながら、〝**その何か**〟を模索している毎日です。

この文章を書き始めたのは平成三十（二〇一八）年五月頃でした。少しずつ書きながら、ふと思いました。〝**その何か**〟とは、思いのことを書き残すことではないかと、思うようになりました。思い上がりかもしれませんが、この文章を読まれた誰か、たとえそれが一人であったとしても、その誰かの心に共感し、何かのお役に立てれば、これほど嬉しく感じることはありません。

お上がり

私が勤めていた水産大学校は山口県下関市の吉見にあります。吉見は下関駅から山陰本線で島根県の益田方面へ五つ目の駅です（現在は綾羅木駅と安岡駅の間に梶栗郷台地駅が建設されたために六つ目）。山陰本線では、当時ディーゼル列車とＳＬが並行して運行していました。ＳＬですが、当時としてはそれほど珍しくもなく、Ｄ51と呼ばれる動輪を含む車輪が四つある通常では貨物列車を連結する機関車が、客車を牽引していました。下関駅から吉見駅まではおよそ二十五分の距離でした。

吉見駅から国道一九一号を十五分程度北へ歩き、水産大学校と書かれた看板を見ながら左に曲がります。二〜三分歩くと景色が開けます。新網代橋を渡ると水産大学校の正門へ到着します。正門へつながる道路の左側はすぐ海で、私たちが学生の頃は、この海で海技実習の一環として遠泳を行いました。正門の左側は艇庫となっており、海技実習で使う木造の七丁艪の伝馬船やカッターボートなどが納められていました。海技実習中に遠泳を行ったことや、伝馬船、カッターボートを操った話については別の機会に譲ることとします。

水産大学校から吉見駅に行く途中に懇意にしている床屋さんがありました。一ヶ月に一度は散髪のため、その床屋さんへ寄ることにしていました。その時に聞いた話です。

ある食事会で大勢の参加者とともに、お母さんとその子供がお膳を前に座っていました。会合での主催者の話も終わり、参加者が食事を開始しました。お母さんは自分の子供に、

「坊や、お上がり」

と、いいました。

子供は何をいわれているのかが分からず、きょろきょろしながら、一瞬ためらっていました。

お母さんは子供に、顎をしゃくってもう一度、

「さあ、坊や、お上がり」

と、いいました。

すると子供は、躊躇することなく、お膳の上に座ったそうです。

普段の食事では、

「ほら、しゃんしゃんと食べろ」

と、いっていたそうです。

お膳の上からの眺めは、どうだったのでしょうか。

海技実習

前の項目中に海技実習についての記述がありましたので、少し触れます。

私が水産大学校に入学した昭和四十一（一九六六）年には、海技実習は最初の夏休みに入ると同時に、三週間にわたって行われました。以前には、一ヶ月以上も行われたそうです。一学年約百八十名が学生寮である滄溟《そうめい》寮に寝泊まりして、精神的・肉体的に鍛えられます。午前六時（だったと思う）の起床から夜の九時（と思う）の消灯まで、予定表に沿って物事が進展していきます。放送のすべてで、

「聞け～、〇〇五分前」

と、伝達されます。

課業としては、手旗信号、水泳（遠泳）、カッターボート、和船の操船などが思い出されます。水泳は週の終わりに、遠泳が組み込まれ、一時間、二時間、そして三週間目に三時間の遠泳が実施されました。吉見湾で百八十名が隊列を組み泳ぎます。俯瞰することができれば、おそらく、白い（キャップで）ゴマ粒が波間に現れたり消えたりと、そんな光景を上空から眺めることができたでしょう。

和船ですが、七つ艪《ろ》のある和船が使用されました。両舷に三丁ずつの艪、それに艫《とも》にやや大き

い艪（艫艪）の七つです。艫艪の操作は難しく、慣れるまでは大変です。しかし、一度習得すると、両舷の六丁艪の速さに合わせて、和船を左舷や右舷へと操ることが可能です。カッターボート（艇長一名、艇指揮一名、漕ぎ手、両舷十二名）に負けないほどの速さで、進むことができます。

忘れられない思い出としては褌です。実習開始前に実習生一人一人に、六尺の長さの赤色の下帯（赤褌）が配布されます。これを下半身に巻いて褌とします。

朝の課業として水泳訓練がありました。百数十名の学生が、二列縦隊で班ごとに隊列を組み、大学から国道一九一号を南東方向へ、吉見古宿町の海水浴場までの約二キロメートルを「一、二、三、一、二、三……」と掛け声をかけ、駆け足で進みます。これが、吉見の夏の朝の名物でもありました。水泳訓練も終わり、再び隊列を組み駆け足で帰ります。下帯の褌が海水で濡れており、塩分を含んでいるために、下半身を締め付けて、痛くて、痛くて、大半の学生が悲鳴を上げていました。それでも隊列を崩すことは許されません。

水泳訓練の後、百八十名分の下帯が一斉に物干し場に干されます。午後の課業開始前に一斉にこれらを取り入れます。ところがなぜか、必ず二、三名分の下帯が不明となっていました。なぜだか不思議な現象でした。それにしても、不明となった下帯の持ち主の学生は、指導学生（三、四年生）にこっぴどく叱られていました。指導学生は、赤色でなく、白い下帯を使用していました。

朝の起床の時から就寝までの何事につけても、五分前の精神、食事の前の「かかれ」の号令。これには最初驚きでした。

五分前の精神。これは、私にとっては終生の教訓で、何事にも定まった時刻に遅れることはありませんでした。

時代とともに海技実習の内容と期間は縮小され、今は既にないと聞いています。

私は四年のうち、三度の海技実習を体験しました。一年生は実習生として、三年生では指導学生として、そして四年生では指導学生長として。

水産大学校の校門前に立ち、目を閉じると、和船を漕ぐ雄姿、遠泳で指導学生として先頭を泳ぐ雄姿、懐かしい雄姿が脳裏から一つ一つ想い出されます。

良いものは伝統として永遠に残されるべきだと感じています。

それにしても、遠泳の時、味わった海のしょっぱさ、今も忘れません。

「しょっぱいな〜」

あ、夢で良かった。

ビールは不浄か

六十歳で定年退職する二年前、私は独立行政法人国際農林水産業研究センター（現・国立研究開発法人国際農林水産業研究センター）の水産領域で勤務していました。茨城県つくば市大わしに研究所はありました。農業関係の研究が主体であり、付属する広い農場では、雉の姿を度々見かけました。

私の仕事といえば、マレーシア水産研究所の研究員と共同で、マレー半島西岸にあるマタン・マングローブ域に棲息する水産動物の資源調査を行っていました。このため、現地で長さが四、五メートルの小型の木造底曳網漁船を用船し、一ヶ月に二回の割合で、底曳網による漁獲物調査を実施しました。

乗船者は、船の持ち主と手助け人一人、私の同僚と助手一人、マレーシア水産研究所からの二人の研究員それに私の七人でした。

船の所有者は中国系のマレーシア人で、彼の家はマングローブ域を流れる河のすぐ横に連なって建てられた平屋建ての一軒屋でした。このため、玄関を入って七、八メートルの細長い通路を進むと、船が家のすぐ横に繋がれています。調査用資材を積み込むとすぐに出発できました。私は小型船のように用を足す場所がない所では、極端に緊張する性分です。このため、出発前には必ず用を足しました。用を足す場所は、川に張り出すように造られていて、すぐ下が川原で、天然の水洗式でした。河の水位は時間帯によって異なっていましたので、この家は潮位に影響される距離にあると思われました。

マングローブ域に設定された定点四ヶ所で、十分間の底曳網調査を行います。定点ごとに、曳網開始、終了時刻、水深、水温などの必要事項を野帳に記録します。これを四回繰り返します。調査は、朝八時頃から開始し、昼過ぎの一時頃終わります。

調査の第一の目的は資源量の推定です。底曳網の十分間の曳網面積、測定して得られた魚種別重量と尾数（持ち帰って測定）、これらにマングローブ域の面積から、マングローブ域における現存量、すなわち魚種別重量と尾数を推定します。得られた資源量推定値は、マレーシア水産研究所の上部機関へ報告され、漁業政策の基礎資料として活用される運びとなります。

図一に、投網から揚網に至る一連の動作を示しています。写真の一番目に、小型ですが拡網板（オッターボード）が使用されているのが分かります。拡網板は、トロール網の左右の先端（袖網）の前に一個ずつ装着されていて、推進力により網を水平方向（外側）へ広げます。八、九番目の写真に漁獲物を示しています。尾部に棘を持つエイが一尾入網しています。

なお、調査で漁獲した標本は研究所に持ち帰り、次の日に研究所の職員の協力によって漁獲物すべてについて、魚種別に尾数と重量を測定します。種の同定に際し、極めて詳しい方が研究所におられ、この方の協力なしには調査を進展さすことは不可能でした。改めて謝意を表します。

図1　マングローブ域でのトロール操業。
1．小さいオッターボード（拡網板）。2．曳網中。3．揚網開始。
4.5.6.7．揚網中。8．網の中の漁獲物。9．漁獲物
（手島が撮影し、作成）

この調査を行うために、マレーシアにおよそ一ヶ月間滞在し、調査取りまとめのために、およそ一ヶ月間、日本に戻っていました。この繰り返しを一年間程度続けました。

マレーシアでは、ペナン島の中心地にあるホテルのアパートメントに滞在していました。二十数階建てのホテルの二十階の部屋に住んでいました。見晴らしがとても良く、晴れた日には遥か彼方のペナン大橋（全長十三・五キロメートル）を眺めることができました（図二）。

私が借りていたアパートメントは、部屋数が三つもあり、居間もあり、シャワールームも二つあり、台所もある立派な居室でした。そこでは、食事を作るための包丁、食器、鍋類をレンタルすることができました。ホテルの近くにはスーパーマーケットがあり、その店のプラスチックバッグには、"Every day low price と書かれていました。どこかで見たような感じでした。後で分かったことですが、つくば市のスーパーマーケットの袋にも、同じ文句が書かれていました。

ところで、私は毎日夕方そのスーパーマーケットで、夕食用の食材を買っていました。ある日の夕方、スパゲッティが食べたくなりました。これを肴にしてビールを飲もうと思いました。

そのスーパーには、売り場の隅に酒類の販売コーナーがありました。イスラム教の国だから、酒類は離れた場所で販売しているのだろうと感じていました。三百三十ミリリットルのタイガービール三本を買い物かごに入れ、精算するためにレジに並びました。私の番になりました。トゥドゥン（イスラム教で女性が髪の毛を隠すための被り物）を被った若い女性が、ゴム製の薄い手袋を机の下からおもむろに取り出し、手にしました。なんで手袋をするのだろうと、不思議な気

図２　ペナン島とマレー半島をつなぐペナン大橋（矢印で示している写真の中央部奥に細長く、うっすらと見える）（手島がホテルから撮影）

持ちで凝視しました。何と、私が買ったビール瓶をゴム手袋した手で買い物かごから取り出し、精算を始めました。

　イスラム教で酒が厳禁とされているにしても、酒から悪い菌が移るとでも思ったのでしょうか、何もそこまでする必要は、ないのではないかと……。しかし、イスラム教徒の彼女にとっては、酒は不浄の物以外の何物でもなかったのでしょう。

　後で考えてみました。ゴム手袋があるということは、今までもこのようなことがあったのでしょう。

　その晩、グラス内のビールの泡の弾ける音を耳元で聞きながら、これが不浄の音かと、何ともいえない気持ちとなりました。

しかし、ごっくん、と。

「うまい……」

マレーシアでの日々

マレーシアの水産研究所は、当時ペナン島の南西部のBatu Maung通りの東の端の一角にありました（現在ではペナン島以外の場所に引越しをしているそうです）。その建物の一部屋を、国際農林水産業研究センターのマレーシア・ペナン事務所とし、二人の日本人（一人は私）と私たちの業務を補佐する現地の男性一人の合計三人で間借りをしていました。

その現地の男性は、三十歳前半で、以前日本に留学した経験があり、日本語に極めて堪能でした。何事をするにも、一歩先を読む能力があるほど優れた人物でした。その方は、通訳から、車の運転から、とにかく何でも手助けをして下さいました。要するに、彼がいなければ、私たちは何にもできない状態でした。

私は、つくばの本部が購入したパジェロ（以前マレーシアに滞在する別の領域で使用されていたために、かなり傷んでおり、部分的に大幅な修繕を行いました）で、ホテルから研究所までを毎日通っていました。マレーシアで運転をするために、日本領事館で書類を作成して頂き、その書類を持って運転免許センターへ行き、マレーシアの運転免許証を取得しました。

マレーシアでの運転は、左側通行で日本の道路交通法とほぼ同じです。このため、最初から不安なく運転することができました。ただし、ラウンドアバウト（roundabout、環状交差点）には戸惑い、多少の恐怖さえ覚えたほどでした。最初に遭遇した時、交差点に進入することには問題ありませんでしたが、交差点からの離脱方法が分からず、ぐるぐる回るのみでした。この交差点は、ホテルから出て四、五分の距離にあって、行きと帰りの二度通過する必要があり、毎回の通過時に大変緊張しました。

研究所の敷地内に水族館があり、小学生の集団が課外授業の一環として見学したり、ここが観光コースの一端となっているのでしょう、時折、大型観光バスが訪れていました。

研究所の敷地の背中側には、日本通運の広大な敷地があり、事務所とでっかい倉庫がありました。日本通運のロゴマークが描かれた多数の大型のトラックが、行き来していました。

研究所の表通り（Batu Maung）を北西方向へおよそ一・五キロメートルの距離にペナン国際空港が位置しています。金曜日の昼休みはいつもよりも長いので（研究所で働くムスリムの人々にとって金曜日の午後の二時間程度はお祈りに費やされます）、散歩を兼ねて、飛行機の離発着を見る目的で、空港まで歩いていきました。ある時、歩いていると単車に乗った男性が私に声を掛けました。単車の後ろへ乗らないかといったのでした。私は散歩をしている旨を告げました。その男性は呆れた顔をしていました。まさか、このくそ暑い昼下がりを、好んで散歩するバカはいないと思ったのでしょう。

ペナン国際空港の滑走路はおよそ三・三キロメートルあり、羽田空港C滑走路とほぼ同じ長さです。荷物専用のジャンボ・ジェット機が離陸する際、全フラップを下ろし、主翼の面積を広げ、重い機体を引きずりながら、四つの推進器を最大限使用し、地上から離れる様を見ていると、何だか自分が操縦している気分となり、心が洗われます。

研究所にお昼が来ました。私は道路を挟んで、研究所の対面にある庶民的な食堂で昼食を取っていました。そこらにありそうな古ぼけた一軒屋で、テーブルは七、八つあり、なじみの客が長居をしている、そんな感じの店です。

何時も、五百ミリリットルのペットボトルと、ご飯、目玉焼き、野菜の煮物を一皿に自分で盛っていました。およそ十リンギッド（約二百五、六十円程度）でした。

最初にその店に入った時、店の五十歳代と見える親父が私を見ると、

「どうぞ、おすわり下さい」

と、どこで覚えたのでしょうか、たどたどしい日本語でいったのには驚きました。そこの昼食は、私には美味しい味でした。

私が滞在していた時には、研究所の近くでペナン第二大橋建設のための測量を開始していましたが、総延長二十四キロメートルの橋がどの程度の物か想像できませんでした。

底曳網調査の日には、朝五時過ぎに研究所で待ち合わせます。二台の日本製の四輪駆動車に乗り合わせて、ペナン大橋（全長十三・五キロメートル）を越えて、北上して、マタン・マングローブ域へ出かけました。調査が終わるのが昼過ぎでした。調査地からペナン大橋までの高速道路にある休憩所で、昼食を取るのを常としていました。さまざまな店がさまざまな料理を提供してい

ました。私は何時ものように、ご飯、目玉焼き、野菜の煮物それにペットボトルを注文しました。仲間の人々はおそらく辛い料理を注文したのでしょう。また、彼らは、食事の飲み物として、なぜか甘い、まるで砂糖水といったほどの甘いものを飲んでいました。

わずかばかり肌寒く感じた調査の早朝でした。私たちを補佐する男性が車の暖房を入れました。途端に車の中は蒸し風呂状態となりました。私にはすがすがしいと感じた朝ですが、彼にとっては寒く感じたのでしょう。ちなみに、マレーシア製の車には暖房装置はありません。

高速道路について感じたことを一つ。マレー半島を縦断する高速道路は、真っすぐに伸びて、晴れた日には、遥かかなたの地平線上で空の青さと同化し、吸い込まれそうな衝動を覚えました。しかし、舗装された道路はなぜだか幾重にも波打っていました。

繁華街の主要な交通手段はバイクです。小さなバイクに、四人も五人も乗って走っています。今にも落ちそうです。老若男女、バイク上の人々は、上着を前後ろ逆に着て、さっそうと走っています。

今では、この国の発展の象徴のようなペナン第二大橋も完成して、この国はますます発展するだろうなと、感じています。

英語（一）

およそ六十年前頃の話です。中学一年生の授業前の定例ホームルームで、担任の先生が、

「この前の中間試験の英語で、百点を取った生徒がクラスの中にいます。私は誇りに思います」

と、おっしゃいました。

ざわつく生徒を前にして、

「手島君です。手島君、手を挙げて」

「君か、よく頑張ったな」

といって、先生は私の頭をさすりました。

なんだか、嬉しいやら、恥ずかしいやら。

それ以来英語が好きになりました。高校に入学して英語を勉強するうちに、夢が膨らみ、東京外国語大学に進学し、外務省に入り外交官として活躍したいと思っていました。ところが、東京外大の入学試験は大変難しいということが分かりました。その頃、社会科の教科書に、北洋水域で操業する船尾式トロール船の写真があり、これに目を奪われました。

「よし、これに決めた。トロール船に乗って、魚を捕ろう」

と、突然思いました。何と変わり身の早いことでしょう。

昭和四十一（一九六六）年四月に山口県下関市にあります農林省水産大学校漁業学科に入学しました。さすが水産大学校です。実習に乗船という科目があります。二年生の乗船実習で、大時化に遭遇し、五百二十トンの練習船天鷹丸は上へ下へのピッチング、左や右へとローリングと、まるで木の葉の如く揺れました（そのように感じました）。その時の船酔いといえば、最初に眠気を催し、目がうつろになり、頭が痛くなり、吐き気を催し、とにかく正気の沙汰ではなく、正常の思考ができない自分がいました。

「もう、俺は船乗りに向いていない。二度と船乗りになりたいと思わない」

と、船乗りを断念しました。

ここまで書いて、ある偉人を想い出しました。長州の幕末の英傑である高杉晋作さんです。

「お〜そうか、あの英雄でさえそうであったのか」

と、妙に感心してしまいました。

司馬遼太郎さんの『世に棲む日日』によると、安政七（一八六〇）年、晋作さんは、船乗りを志し、その技術習得のために、長州藩が建造した洋式木造帆船丙辰丸（全長二十五メートル、排水量四十七トン）に乗船して、遠洋航海として、江戸に向かいました。ところが途中で大時化に遭遇して、

「せっかくもとめた西洋技術の道も、一航海で、志が一変してしまった」

と述べています。

当時、萩の湾に浮かぶ丙辰丸を見て、
「ひや〜、城のようじゃ」
と、声をあげる野次馬がいたとされています。当時の和船と比べれば、四十七トンの洋式木造帆船は、野次馬の目には、はるかに大型な船として映ったのでしょう。

ところで私のことですが、視力が低下したことを理由に、船に乗らないコースに、変更願を提出し、承認されました（目は悪くなかったのに、嘘をついて担任の先生を騙してしまいました。久保田先生、済みませんでした）。

昭和四十五（一九七〇）年三月に水産大学校を卒業し、長崎大学大学院水産学研究科へ進学しました。

この先の話は〝星ふる夜に……〟（四四頁）に続きます。

ここに書いていて、我ながら変わり身の早い男だなと、感心したり、情けないと思ったりしました。

研究者となって、英語の論文を書いたり読んだりと、それらを理解するには、それほどの苦労を感じませんでした。

しかし、時として大時化の中、大型船の船橋で、船長として大声を出して、
「エンジン、デッド・スロー、コースそのまま」
と、指揮している自分の姿を、夢の中で見ることがあります。

「やっぱり、船乗りはええな〜」

私の同級生の多くは、当初の夢を叶えて、大型トロール船や貨物船の船長や機関長として活躍しました。

英語（二）

すでに述べましたように、令和元（二〇一九）年六月から、急性骨髄性白血病の治療のため、毎月十日間の入院を余儀なくされています。一日三十分程度のビダーザによる点滴治療が終わると、有り余るほどの時間があります。読書です。

幕末ものが好きで、特に司馬遼太郎さんの作品を好んでいます。私が山口県出身であることから（下松市生まれで、今も下関に住んでいます）、周防国出身である大村益次郎さんを主人公とする『花神』（一九七二年作）と長門国（萩）出身である吉田松陰さんと門下生である高杉晋作さんを描いた『世に棲む日日』（一九七一年作）を愛読書としています。

周防国吉敷郡鋳銭司村の村医であった村田蔵六（後の益次郎）さんは、大阪適塾で蘭学を学びました。オランダの軍事関係書物を翻訳し、軍事の専門家として推挙され、伊予宇和島藩そして幕府に奉職しました。やがて、桂小五郎さんに見いだされて、故郷の長州藩士となり、長幕戦争で長州藩の軍事責任者として幕府軍を退けます。残念ながら、明治二（一八六九）年九月、益次郎さんの軍事政策に反対する元長州藩士を含む数人の刺客に襲われ、同年十一月敗血症により死去。四十五歳の若さでした。

オランダ語の翻訳に関しては、益次郎さんは、当時我が国ではトップクラスでした。しかし、『花神』によれば、話したり聞いたりすることには、難儀を感じていたそうです。その点、益次郎さんと蘭学の師弟関係にあったシーボルトの娘、楠本イネさんは、長崎でメーデルフォールトやボードウィンから産科学や病理学を直に教授され、オランダ語会話には精通していたとされます。

当時の蘭学者はおそらく益次郎さん同様に、オランダ語の翻訳に主力を注ぎ、会話は不得意であったと想像されます。

私は昭和二十二（一九四七）年の戦後生まれですが、英語教育に関しては、中学入学以来大学受験に至るまで、英作文と英訳を中心に教育されてきました。最近になり、文部科学省は、早くは幼稚園の頃から、多くは小学校低学年から、英語会話を前面に押し出した英語教育を推進しています。

振り返ってみますと、大村益次郎さんの時代の翻訳を主とする考え方が、明治、大正、昭和における外国語教育に継承されてきたのかなと、思っています。もちろん、これは私的な考えであることを申し上げておきます。

しかしながら、現在と違ってインターネットもなく、情報収集方法も極めて貧弱であった時代に、蝋燭の光を頼りに、勉学に勤しんでいる多くの先人達の姿を思い浮かべると、彼らの努力には頭の下がる思いです。

さらに、益次郎さんは、蘭学がやがて衰退し、蘭学に代わって、欧米の学問が台頭するであろうと予測しました。このため、当時横浜に駐留し、我が国において欧米医学の先駆者であるヘボン（Hepburn、ヘップバーン）博士のもとへ通い、英語の勉強をしました。益次郎さんの先を見通す能力を、認めざるを得ません。

もし、明治二年に益次郎さんが刺客に襲われることなく、天寿を全うしたとすれば、我が国の軍隊の制度や外国語に対する姿勢は、今より異なっていたでしょう。おそらく、外国語にしても、明治の初めの頃には、既に初等教育の一環として、学習科目に取り入れられたことは、容易に想像されます。そうすると、高校生程度で英語もある程度不自由なくしゃべれる能力を身に付けることができたでしょう。

私は、退職前の平成十八（二〇〇六）年から約二年間、つくば市にあります国際農林水産業研究センターに勤務しました。その間、仕事でマレーシアのペナンに滞在していました。ある時、ホテルで提供される英字新聞に次のような記事がありました。マレーシアでは、高校で理科や数学を教える教師は、近い将来英語で教育をすることが義務付けられるというものです。これと同じことが我が国で計画されたらどうでしょうか。

我が国の場合、専門科目において、何も原語で専門書を読まなくても、先人の努力によって、日本語で専門知識を理解することは可能です。

文体に関して、お隣の国には、ハングルという優れた言語方式があると聞いています。ところが、最近では、若者が小説などの文体から離れる傾向にあるそうです。もし、ひらがなのみで書かれている日本語の文章があるとすれば、これは実に読みづらいと感ずるはずです。ハングル文章はこれと似ているそうです。

日本語の場合、〝漢字とひらがな〟が適度に分散し、文体を構成しています。だからこそ、実に読み易いと感じます。また、無数の漢字があり、それぞれの意味があり、これがまた美しい日本語の文体作成に寄与しています。

外国語を学ぶことは、日本語をより深く学ぶことに通じると思います。例えば、ある程度英語に習熟していれば、ある日本語の文章の構成を考える時、日本語と英語の両方の文章が比較され、より正しい日本語へ修正されるからだと考えます。

ここで、私が強調したいのは、少なくとも、町角で外国人に話しかけられた時、躊躇することなく、英語で受け答えができる能力を、備えておきたいということです。

令和二（二〇二〇）年はオリンピックイヤーで、多くの外国の人が我が国を訪れます。スマートフォンや小型翻訳機を使わずとも、彼らと気軽に会話ができる能力を、小学校や中学校を通して養いたいものだなと感じています。

「あ、来年が二〇二〇か、それにしても、あの小型の翻訳機は便利だよね」

「先日テレビを見ていたら、日本の高校生がアメリカ人のご婦人と小型翻訳機で話をしていたよ」

「私も見ていたわ。小型の翻訳機を使って、何不自由なく会話していたわね」

「うん、驚いたね、僕も一つ求めようかな」

「いくらかな、どこで買えばいいのかしらね。ね、教えてよ……」

英語（三）

私は、現在下関市長府金屋浜町に住んでいます。最寄りのバス停は金屋浜です。下関方面（下り）のバス停までは、我が家から五分以内の距離です。下関駅に向かって、次のバス停が城下町長府、その次が松原（豊浦高等学校正面すぐ横）で、次の交差点を左に曲がると、現在私が一ヶ月に十日間お世話になっている関門医療センターで、そしてマリンランドと続きます。宿泊施設を主体としたマリンランドは、数年前に取り壊され、現在は、バス停を示す看板とベンチがポツンと一つあるのみです。そこから歩いて二、三分の距離に私が買い物をするスーパーマーケットがあります。

今日（令和元年九月十九日）の朝、気が付きました。スーパーマーケットでの買い物の帰りに、疲れたのでマリンランドのバス停のベンチに腰掛けました。ついでながら、私は、骨髄異形成症候群のため、ヘモグロビン値が低下しているので、通常より歩みがのろく、連続して十～十五分歩くと休息が必要です。

何とはなしにバス停の看板を見上げました。そこには、マリンランドとカタカナで書かれ、その下に横文字で MARINLAND と記載されていました。それを見て、はっと凝視しました。英語なら、MARIN でなく、MARINE で MARINELAND と書くべきです。あえてローマ字表記にするなら、LAND でなく RAND で、MARINRAND です。英語とも、日本語とも、どっちつかずの表現に、私は思わずかたまり、そして感動しました。

「これは、じゃぱリッシュ（Japalish = Japanese + English）に相違ない」

と、思いました。

それとも固有名詞であるために MARINLAND でいいのかとも思いました。

その日は、じゃぱリッシュ単語を見つけたお陰で、なぜか心はウキウキ気分でした。

バス停松原のすぐ近くに山口県立豊浦高等学校の正面玄関があり、その前が広い交差点となっています。高校から対面の左側の敷地内に、下関市立美術館があります。交差点の高校寄りと美術館寄りにポールがあり、その上端に美術館を示す看板が掲示されています。高校寄りの看板には、日本語で下関市立美術館、その下に並行して英語で Shimonoseki City Art Museum、さらに韓国語でも同様の意味（であろうと思う）が記載されています。美術館寄りの看板には、日本語表記その下に Shimonoseki Municipal Art Museum となっています。同じ建物である美術館を示すのに二つの異なった単語、すなわち、City と Municipal が用いられています。この二つの英単語は、日本語訳では市立の意味で使用されているようです。同じ施設を示しているのだから、同じ単語を使用したらいいかがかなと、つい、思ってしまいます。

しつこいようですが、これを作製した市役所の担当者に尋ねるべきでしょうか。それとも、英語を母国語とする方に、その単語の意味の違いを尋ねるべきでしょうか。

ひょっとすると、英語を母国語とする方は、それほど気に留めないで、

「なんで、日本人は英語の綴りの違いに、それほどの目くじらを立てるんだよ、同じ意味だからいいじゃん」

と、おっしゃりそうです。そうかもね。

高杉晋作さんが元治元（一八六四）年十二月に挙兵した功山寺前に、平成二十八（二〇一六）年に新装開設となった下関市立歴史博物館は、英名で何と明記されているでしょうか……。博物館前の看板には、Shimonoseki City Museum of History と明記されています。

以上の二つは、買い物や散歩の途中で見かけた英語に関して私が感動したり、また首をかしげた事例です。

星ふる夜にホシはなし

長崎大学大学院修士課程を修了し、恩師水江一弘先生のご尽力もあり、運良く水産大学校へ奉職することができたのが昭和四十七（一九七二）年四月でした。はっきり思い出せませんが、その頃の出来事です。

修士課程の学生の時、水江先生からサメの研究を薦められましたが、何だか気が進まず、返答をしばらく控えていました。先生は私に会う度に、繰り返し、

「きみ、今の研究っていうのは、重箱の隅を突いているような、そんな研究ばかりなんだ。サメは新しい分野なんだ」

「は〜、そうですか」

「石の上にも三年というだろう。三年頑張れば、国内において、五年続ければ、世界的なサメの研究者になれるんだぞ」

そんな言葉を信じてというか、その言葉に乗せられてというか、とにかくサメの研究を始めました。それでも、修士課程の二年間に二編の論文を書くことができました。

そのうちの一編はスミツキザメについての論文です。昭和四十五（一九七〇）年夏季に長崎大学練習船長崎丸が、ボルネオ島北西水域において、一週間にわたりトロール調査を実施しました。

漁獲物中に百個体を超えるスミツキザメを見つけました。これらのサメを船上で解剖し、必要な部位をホルマリンで固定して持ち帰りました。研究室で観察をして、卵巣の発育状況、胎児の成長、胎盤の形成などをまとめて、「雌のスミツキザメの生殖」と題してインパクトファクター*がある雑誌〝Marine Biology〟に水江先生と共著の論文として投稿し、幾度かの修正の後、掲載することができました。この頃から、サメの仕事が次第に面白くなり、熱中し始めました。

水産大学校に勤め始めて、すぐに排気量五十シーシーのバイクを購入し、夜中の二時頃から下関にある魚市場に通いました。しばらく通って観察していると、東シナ海で漁獲されるサメ類のうち、ホシザメとシロザメが周年を通して、水揚げされていることが分かりました。

「よし、この二種を材料として研究しよう」と、決心しました。

ある晴れた夜、市場に行きました。ホシザメとシロザメをトロ箱で二箱購入し、バイクの荷台に縛り付けて、口笛でも吹きながら、意気揚々と引き上げていました。突然、ドッスンと音がしました。一瞬、目の前が真っ暗になり、真夜中ですからもともと真っ暗でしたが、気を失いました。道路の窪みにバイクのハンドルを取られ、転倒したのです。三十数分の後、痛い足を引きずりながら、そこらに散乱した研究材料を拾い集めました。

ある晴れた夜、研究材料の採集に行きました。残念ながら、ホシザメもシロザメの水揚げはなく、空振りでした。

むなしい気持ちで、

サメ求め　星ふる夜に　ホシはなし
（駄作　南行作）

南行《なんぎょう》とは私が勝手に付けた号です。

その後、購入した標本の運搬手段は、五十シーシーのバイクから軽自動車、さらには普通自動車と移り変わり、次第に研究成果も蓄積されてきました。

スミツキザメ（図三）は私にとっては、最初に研究対象となったサメです。本種は、メジロザメ属 *Carcharhinus* に属し、種名を *dussumieri* といいます。

このサメは、サメには珍しく単胎です。つまり、一つの子宮に一尾の胎児が成長する成長様式です。すなわち、一つの親が同時に二尾の胎児を育てています。なお、サメ類は一尾の雌が二つの子宮を持っています。

胎児が全長で百五十ミリメートルまで成長すると、外卵黄嚢の下端の襞と、子宮下端の襞とが接合して胎盤が形成

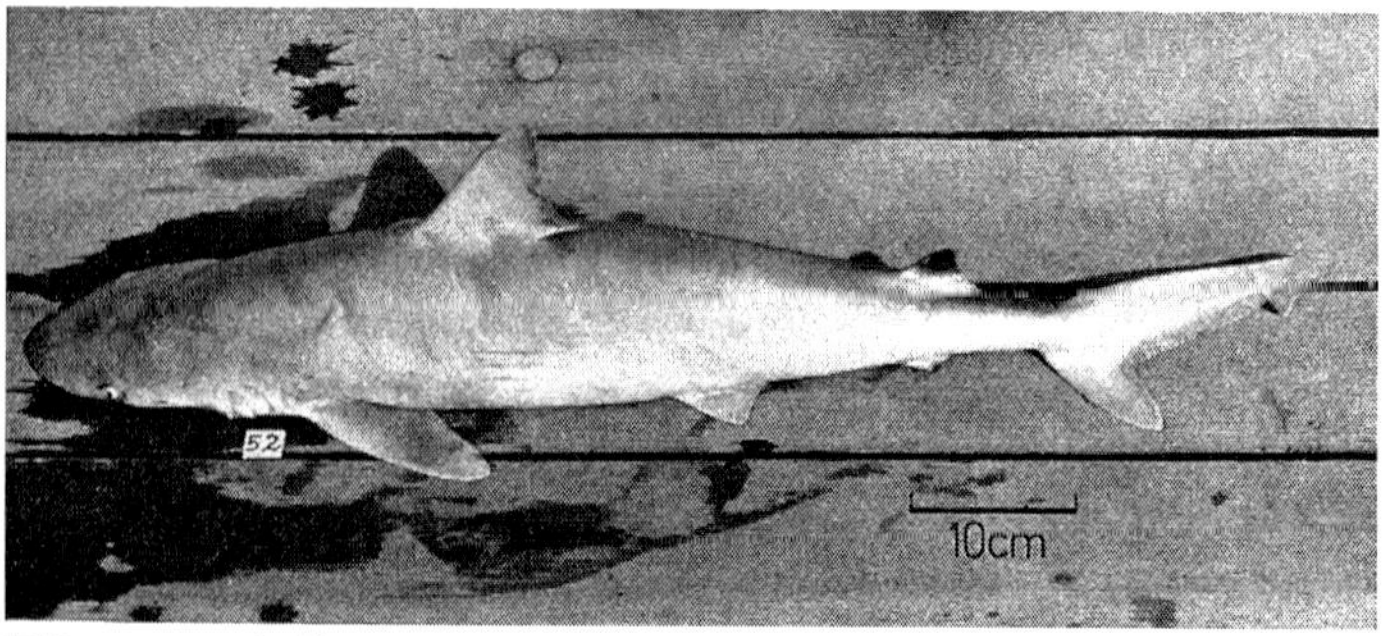

図3　スミツキザメ（Teshima and Mizue, 1972）

されます。胎盤形成後、胎児は母体から栄養を補給されます。胎盤は、胎盤母体部と胎盤胎児部の二つの組織によって構成されています。二つの組織の間に胎児膜が存在しています。胎盤については、ホシザメ属の項目で詳しく述べます（図四、左側の図は、胎盤形成前で右側は胎盤形成後）。なお、胎児は、全長で三百七十〜三百八十ミリメートルで産出されます。熱帯域に棲息するために、胎児は周年をとおして産出されますが、七〜八月の出産率が他の月より高いことが推定されました。

通常、その他のサメ類では、数尾から数十尾の胎児が、一尾の親に育てられます。

私ごとですが、長女が生まれたら最初に扱ったサメの種名の *dussumieri*、ズ**スミエ**リにあやかり太字の部分から澄美恵にしようと目論んでいました。事実は思い通りにはなりませんでした。長男と二男でした。長男は現在四十五歳で元気に鉄筋工事業の会社を切り回しています。本当に余談でした。

なお、スミツキザメの学名は、最近、変更され現在では *dussumieri* でなく、*Carcharhinus tjutjot* が使用されているようです（突然の学名の変更には困惑しています）。

＊インパクトファクターとは、雑誌の引用された頻度を測る指標で、論文を書く上で、例えば、〝Marine Biology〟が、引用文献として数多く引用されれば、その雑誌は高い評価があると判断されます。しかし、論文の価値判断としては、問題視する声もあります。なぜなら、無名の雑誌でも、内容が立派な論文も多数あるからです。

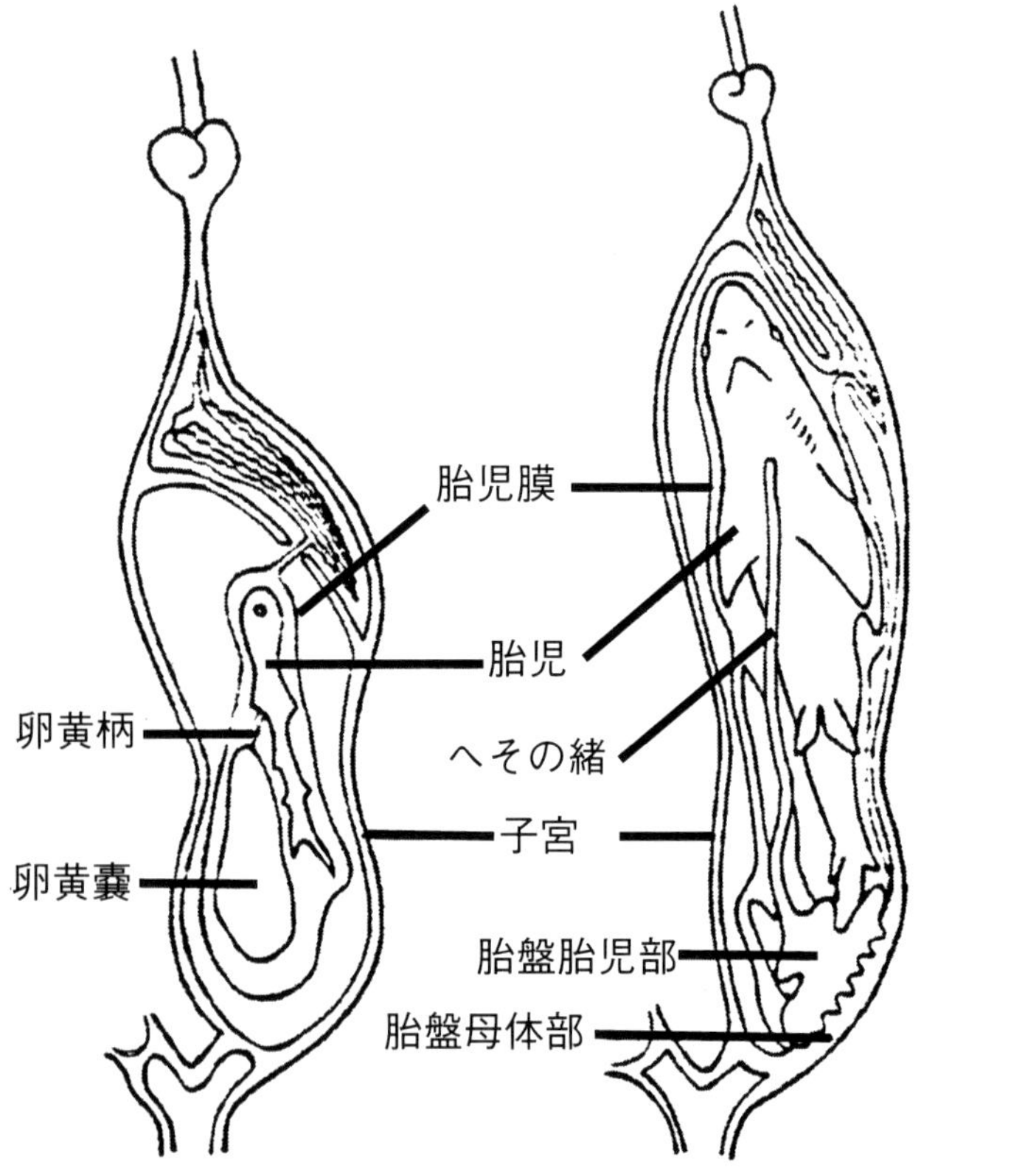

図４　スミツキザメの胎盤形成前（左）と胎盤形成後（右）。図では省略されていますが、それぞれの左側にも同様な子宮があります（Teshima and Mizue, 1972）

ホシザメとシロザメ

ホシザメとシロザメを研究材料としたのは、両種が周年を通して入手できるからと、既に述べました。生殖周期を知るためには、最低でも、一年以上の連続観察が必要となるためです。

まずは、日本産のホシザメ類について説明します。日本の海には、ホシザメ属 *Mustelus* のサメ類として、ホシザメ *Mustelus manazo* Bleeker, 1854、ソウボウシロザメ *M. kanekonis*（Tanaka, 1916）とシロザメ *M. griseus* Pietschmann, 1908 の三種が分布するとされてきました。サメの名前について、最初の日本語が標準和名、横文字が学名（属名と種名）、それに学名を命名した人名と命名した年です。例えば、ホシザメについては、嘉永七（一八五四）年に、オランダ人の医師で軍人のピエール・ブリカーが、日本で採集したホシザメ属のサメを、新種であるとして *Mustelus manazo* Bleeker, 1854 と命名しました。種名であるマナゾについては、長崎地方でホシザメがマノウソと呼ばれていたため、マノウソからマナゾとなったといわれています。

命名者名と発表年に括弧（ ）が付いている場合は、属名が命名された後に変更になったことを表します。属名変更後、属名を変更した人名ではなく、最初に命名した人の名前を残すのは、最初の人に敬意を表わすためです。*M. kanekonis*（Tanaka, 1916）に関しては、命名者の田中さんは、最初、*Cynias kanekonis* Tanaka, 1916 と命名しました。

属名と種名については、イタリック体で示します。また、イタリックで示されない場合には、下線で示すこともできます。

余談ですが、*Mustelus manazo* が発見された前年の一八五三年に、マシュー・ペリーが率いるアメリカ合衆国海軍東インド艦隊が浦賀に入港し、黒船が日本にやって来たとして、日本中が大騒ぎとなっている頃です。幕末が始まり騒々しい時代でしたが、一方で、魚類の研究が日本人でなく、外国人の手で行われていたことを知り、大いに驚いています。

しかし、最近になって、脊椎骨数と上唇弁と下唇弁の長さなどによって、ソウボウシロザメはシロザメのシノニム（同物異名）とされ、現在では、日本には、ホシザメとシロザメの二種のみが、分布しているとされています。

唇弁とは口の両端の上下にできる襞《ひだ》を指します。

ホシザメは、体に白点をもっていることから、ホシザメとシロザメは簡単に区別されます。ところが、白点が不明瞭か、白点がほとんど見えないホシザメがいることが報告されています。こうなると、両種を区別することは極めて難しいのが現実です（図五、A・明瞭な白点を持つホシザメ雌、B・明瞭な白点を持つホシザメ雄、C・白点が不明瞭なホシザメ雌、D・白点が不明瞭なホシザメ雄、E・シロザメ雌、D・シロザメ雄）。

話は離れますが、生殖器官の観察により、妊娠中にシロザメ雌は胎盤を形成し、ホシザメ雌には、胎盤は形成されないことが分かっています。胎盤形成の有無も両種の違いの一つです。サメ類の

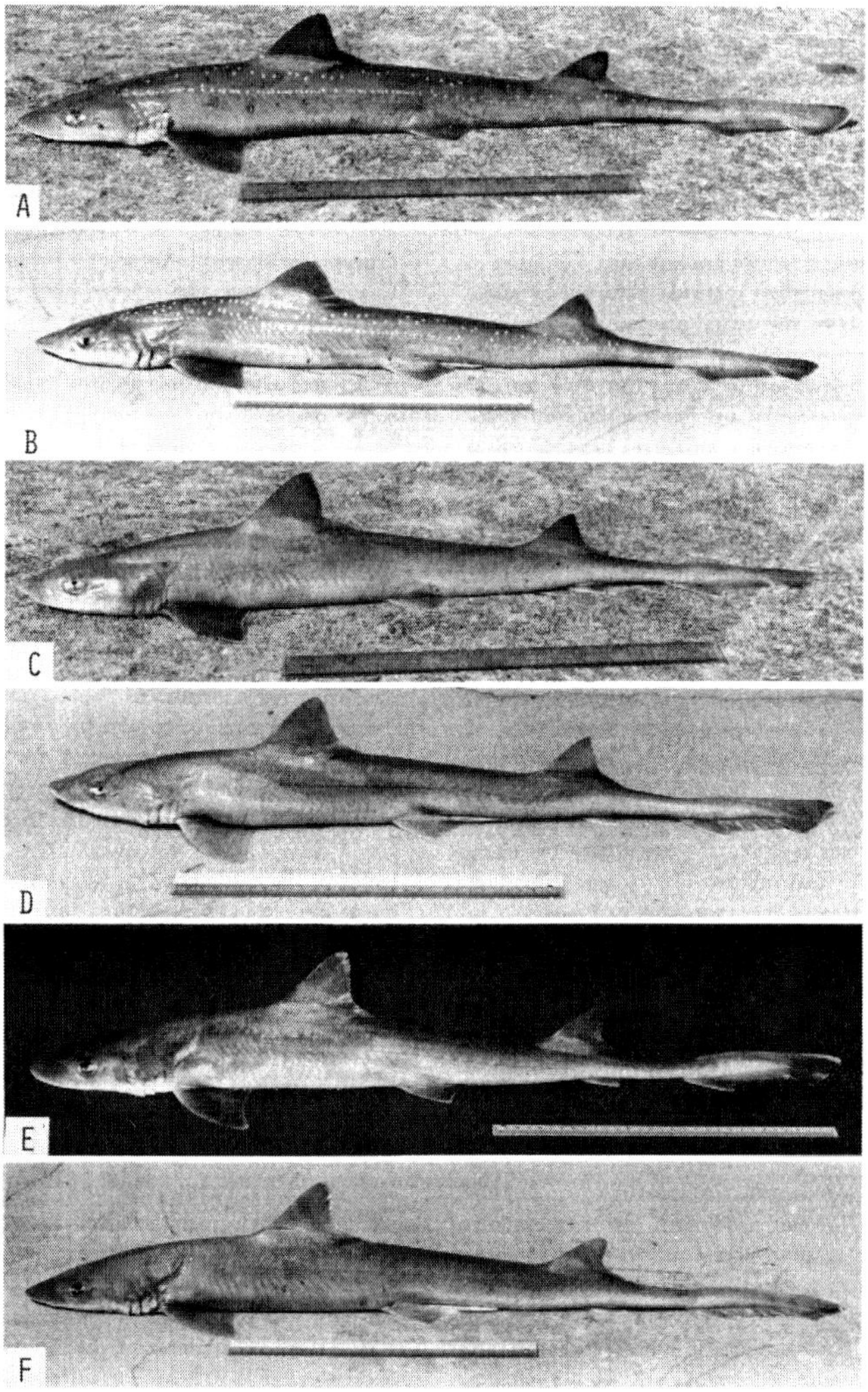

図５　ホシザメとシロザメ（Teshima, 1981）

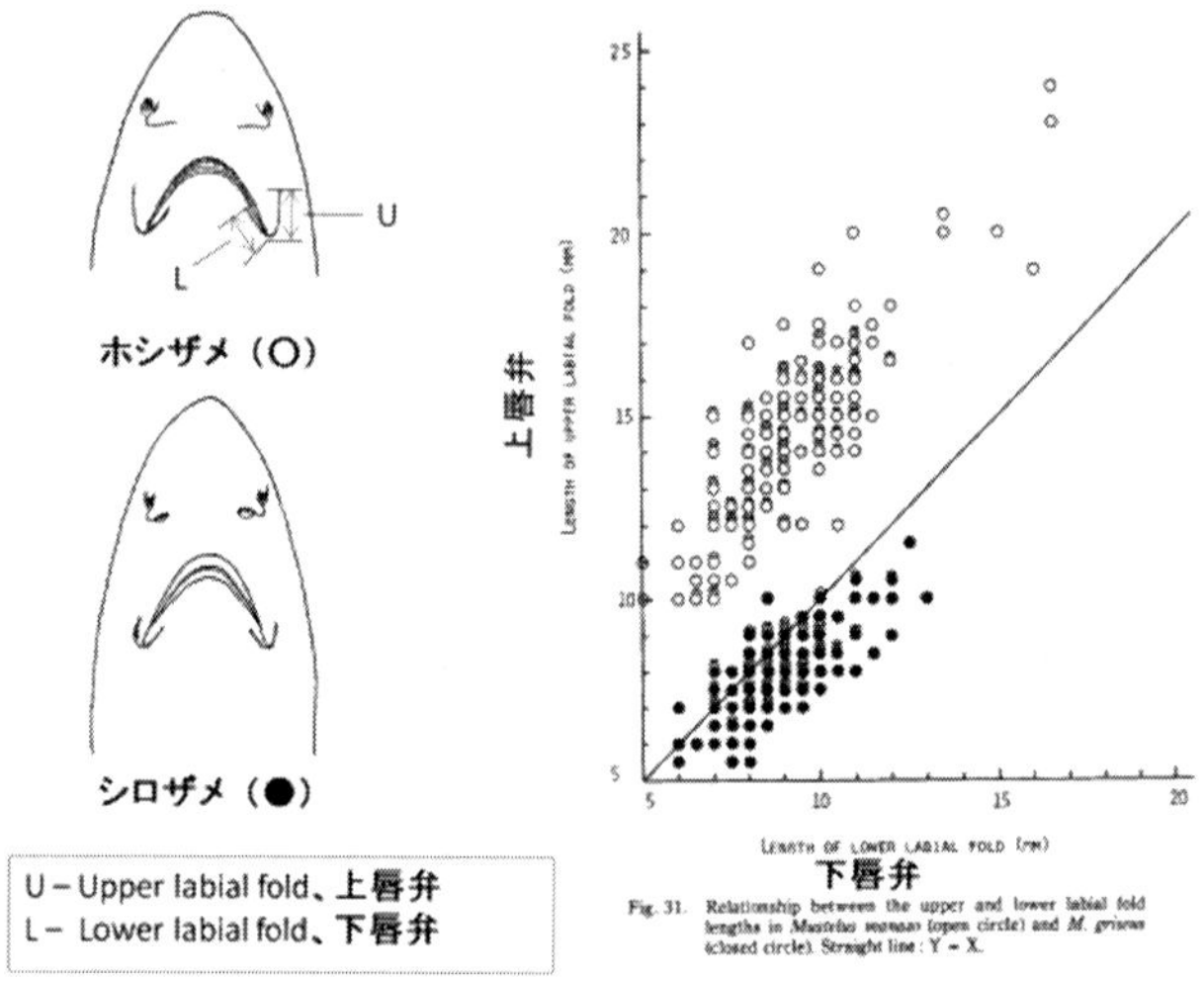

Fig. 31. Relationship between the upper and lower labial fold lengths in Mustelus manazo (open circle) and M. griseus (closed circle). Straight line : Y = X.

図６　上唇弁と下唇弁。右図：上唇弁と下唇弁との関係（○：ホシザメ、●：シロザメ）（Teshima, 1981）

胎盤については、のちほど述べます。

日本産のホシザメとシロザメは、胎盤の有無と上唇弁と下唇弁（図六）の長さの違いによって区別されます。

胎盤については、前述したように胎盤ができるのがシロザメで、できないのがホシザメです。

唇弁に関しては、ホシザメは上唇弁の長さが下唇弁よりも長く、シロザメでは下唇弁が上唇弁よりわずかに長いか同じです（図六）。

生まれたばかりの個体にも、唇弁の長さは適用されます。胎盤の有無については、解剖をする必要があるし、妊娠の初期には、胎盤が形成されていないので、必ずしも有効な指標であるとはいえません。このため、唇弁の長さの違いが、唯一外部から見分けられる指標といえそうです。

ところで、ホシザメとシロザメに見られる胎盤の有無に関して、ホシザメはシロザメに比べると、進化の過程で一歩遅れていると考えられます。やがて永い、永い年月が経過すると、ホシザメにも進化がみられ、胎盤が形成されると想像されます。

どなたかが、何千年か後に形成されるホシザメの胎盤について、

「ほら、やっぱり想像したとおり、ホシザメにも胎盤ができたでしょう」

と、お教え下さることを期待しております。

交尾をするさかな

硬骨魚類のうち、カサゴやアカメバルなど数種の魚が交尾を行いますが、その他の魚は体外受精を行います。一方、すべてのサメ類は交尾をします（図七）。雄は、クラスパーと呼ばれる軟骨で形成された棒状の交接器を、腹鰭《はらびれ》の内側に二本持っています（図八）。子供のサメでは、クラスパーは柔らかくて小さく、大人になると大きくて、硬くなります。ホシザメとシロザメの大人のクラスパーの長さはほぼ同じで、七～八センチメートルです。クラスパーの有無によって、雄と雌は外側からでも簡単に区別されます。水族館へ行ったら、サメを下側から見て下さい。雄か雌かを、すぐ見分けられますよ。

ところで、先ほどのカサゴやアカメバルの交接器は、肛門の後ろ側に突起物として形成されており、その中に精子を運ぶ管と尿を運ぶ管の先が開いています。その二つの管の周りを、縦に走る筋細胞と横に走る筋細胞が取り巻いています。

サメ類では、交接器は二本の棒状の軟骨とその先端にあるいくつかの軟骨片で構成されており、その周りを皮膚が覆っています（図八）。これらのことから、サメ類の交接器は、カサゴやメバルの交接器とは、構造上全く異なっていることに注目して下さい。

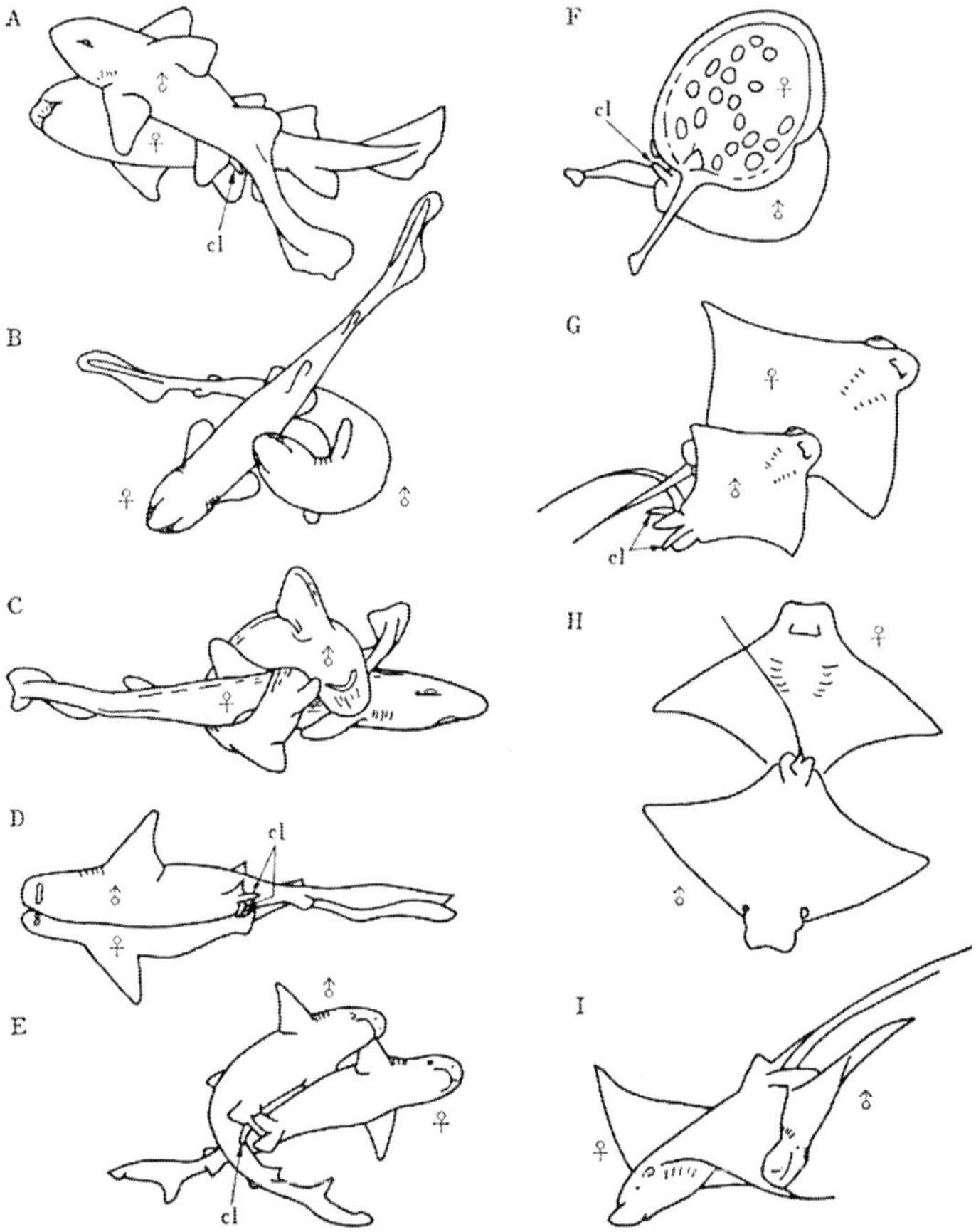

図７　サメ、エイ類の交尾行動。

A：ネコザメ科の一種。B：トラザメ科の一種。C：トラザメ科の一種。
D：テンジクザメ科の一種。E：メジロザメ科の一種。F：アカエイ科の一種。
G：トビエイ科の一種。H：トビエイ科の一種。I：トビエイ科の一種

(手島、2007)

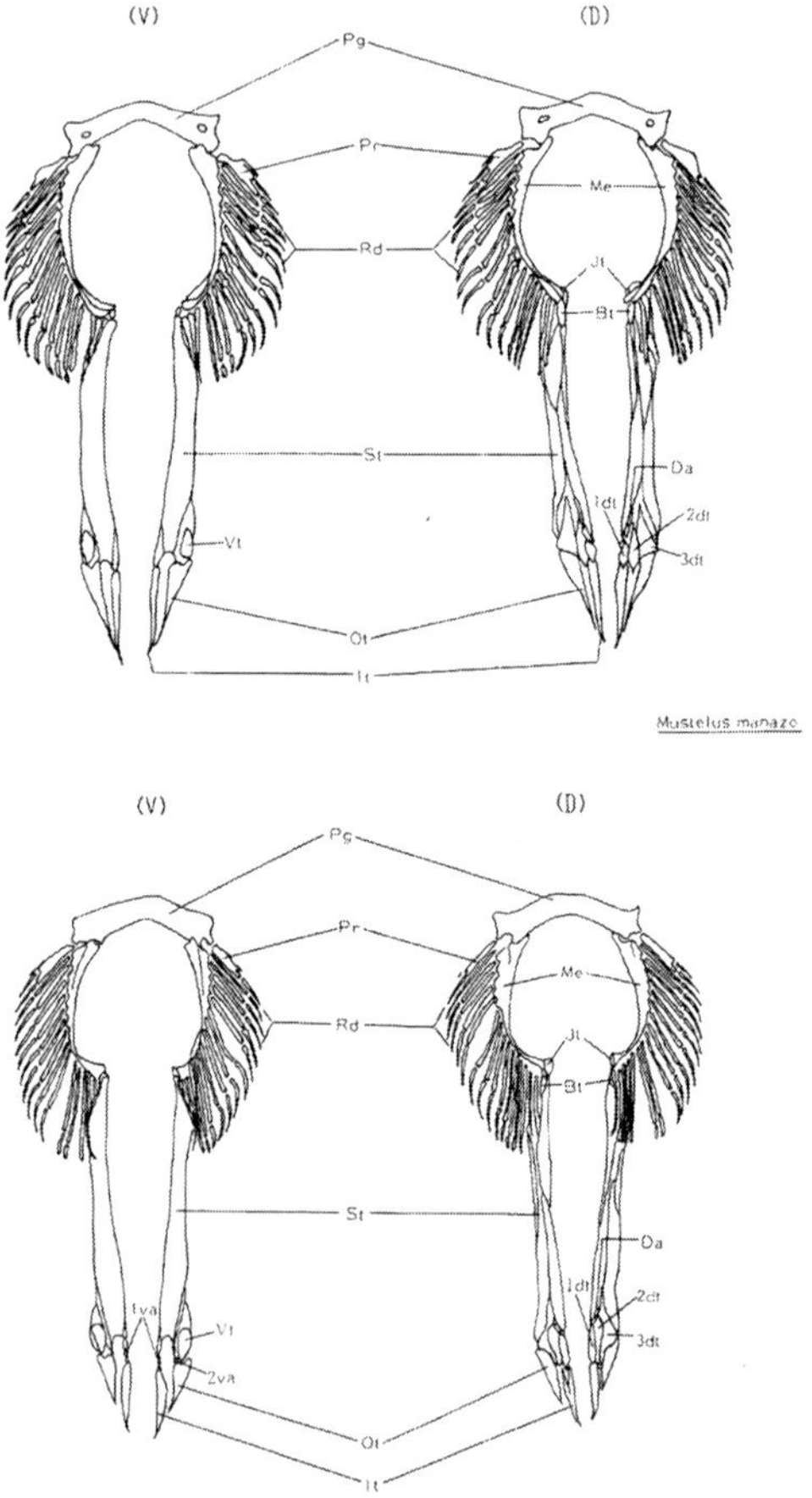

図８　ホシザメ（上）とシロザメ（下）のクラスパー骨格。
D：背中側。V：腹側。クラスパーは棒状骨格と先端部の小骨格片より構成されている。扇状の骨格は腹鰭を構成（Teshima, 1981）

カサゴとアカメバルの研究は、私の恩師である水江一弘先生によって昭和二十八～三十一（一九五三～六八）年頃、長崎大学水産学部の学生実習として、佐世保湾で実施した底はえ縄漁具で採集したカサゴやメバルを材料として行われました。

先生の書かれた「カサゴの研究一～五、長崎大学水産学部研究報告、昭和三十二～三十四（一九五七～五九）年」をウエブで検索して見ました。緻密な観察力と文章を通して、改めて先生の研究態度に頭の下がる思いと、同時に懐かしさがこみ上げて来ました。

卵生・胎生・胎盤

ここで、ホシザメとシロザメの雌の生殖器官の説明が必要です。卵巣は右と左に一対となっていますが、右側の方が大きく、右側卵巣のみが働いて卵を育てます。卵は直径で十五〜二十ミリメートルで成熟し、複数の成熟卵が卵巣を出ます。成熟卵は受卵孔（卵を受けるための管）で受け入れられ、左右の卵管へと分けられます。すぐ下の卵殻腺で精子とめぐり合い、受精卵となってここで胎児膜（卵生の場合では、卵殻）に被われて、子宮中に下降し胎児となります。

胎児は、生まれた時の形で**卵生**と**胎生**の二つに大別されます。卵生では、胎児は卵殻に包まれて生まれます。一方、胎生では、胎児が親と同じ形で産み出されます。ホシザメもシロザメも胎生です。

卵生についてもう少し詳しく話します。胎児を被っている卵殻は、種によって形と大きさが異なっています。だいたい人の片手ぐらいの大きさで、黒っぽい色をしており、薄いプラスチック程度に強く、円筒形をしたり、長方形で四隅から触手のようなものが伸びたりと、さまざまな形をしています。この触手状のひもで、海底の岩などにからみついて、卵殻を固定しています（図九）。母体から産み出された後、卵殻内の胎児は自分の持っている外卵黄嚢《がいらんおうのう》内の卵黄を栄養として吸収し、大きくなります。卵黄がなくなる頃、卵殻より出て海水中で生活を始めます。

卵生のサメ・エイ類

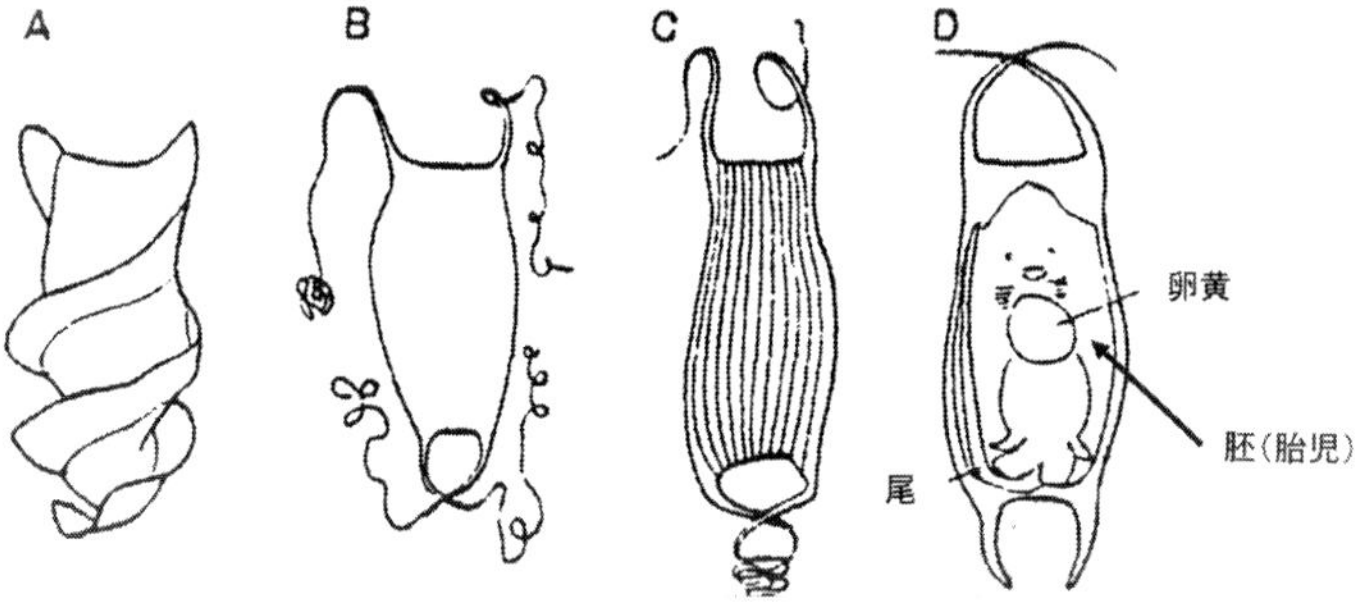

図９　A：ネコザメ。B：ナヌカザメ。C：トラザメ科の一種。D：アラスカカスベ（卵殻内の胎児を示す）（手島、2007）

外卵黄嚢とは、直径がおよそ四十～五十ミリメートルの袋で（袋の大きさは種類と胎児の大きさによって異なっています）、その中に卵黄が貯えられており、この袋と胎児とは卵黄柄と呼ばれる管でつながっています。胎生のサメの外卵黄嚢も同じ形をしています。

ホシザメとシロザメの胎児について話します。ホシザメは七～八月頃交尾します。受精した卵は子宮内で胎児となります。ホシザメの胎児は、自分の持っている外卵黄嚢内の卵黄を栄養源として成長します。最初、胎児は数ミリメートルと小さいですが、外卵黄嚢はおよそ直径三十～四十ミリメートルの大きさです。卵黄を栄養源として吸収し、胎児が大きくなるにつれて、外卵黄嚢は小さくなり、やがて粒状となり、消失します。一方、卵黄柄は外卵黄嚢が小さくなるにつれて長くなり、胎児が全長で百五十ミリメートルくらいになると最長百三十ミリメートル程度となり、その後次第に短くなり、こちらも消失します。次の年の四～五月頃に生まれたばかりの全長およそ三百ミリメートルの胎児の左右の胸鰭《むなびれ》の間には、二～三ミリメートルの卵黄柄の痕跡が見られます（図十A、B）。

シロザメでも、ホシザメと同じように七～八月頃、受精卵は胎児へと成長します。成長の初めでは、ホシザメと同じように外卵黄嚢の卵黄を栄養として、胎児は大きくなります。胎児が全長で九十～百ミリメートルまで成長すると、外卵黄嚢の下端と子宮部屋の下端とがそれぞれの表面にできた襞《ひだ》によって接合します。この接合部分を胎盤といいます。この時期より胎児は卵黄と胎盤（母体）の両方から栄養を受けて大きくなります。胎児が二百ミリメートル以上に成長すると、卵黄はなくなり、母体からの栄養によって大きくなります。次の年の四～五月頃、胎児は全長三百ミリメートル前後の大きさで生まれます。

シロザメでは、胎盤が形成されると、卵黄柄は、臍帯《さいたい》または『へそのお』と呼ばれます。臍帯はその長さを縮めることなく、出産時には、その長さはおよそ二百五十～三百ミリメートルとなります。胎児は母体から、臍帯と胎盤とともに産み出されます。

先ほども述べましたように、シロザメでは、胎児が全長百ミリメートル前後になると胎盤ができ始め、全長二百ミリメートルになると、親から臍帯内の卵黄腸管をとおして栄養を直接もらっています。このことから、全長二百三十五ミリメートルまで成長したシロザメ胎児は、しっかり確立した胎盤をもっています（図十一）。

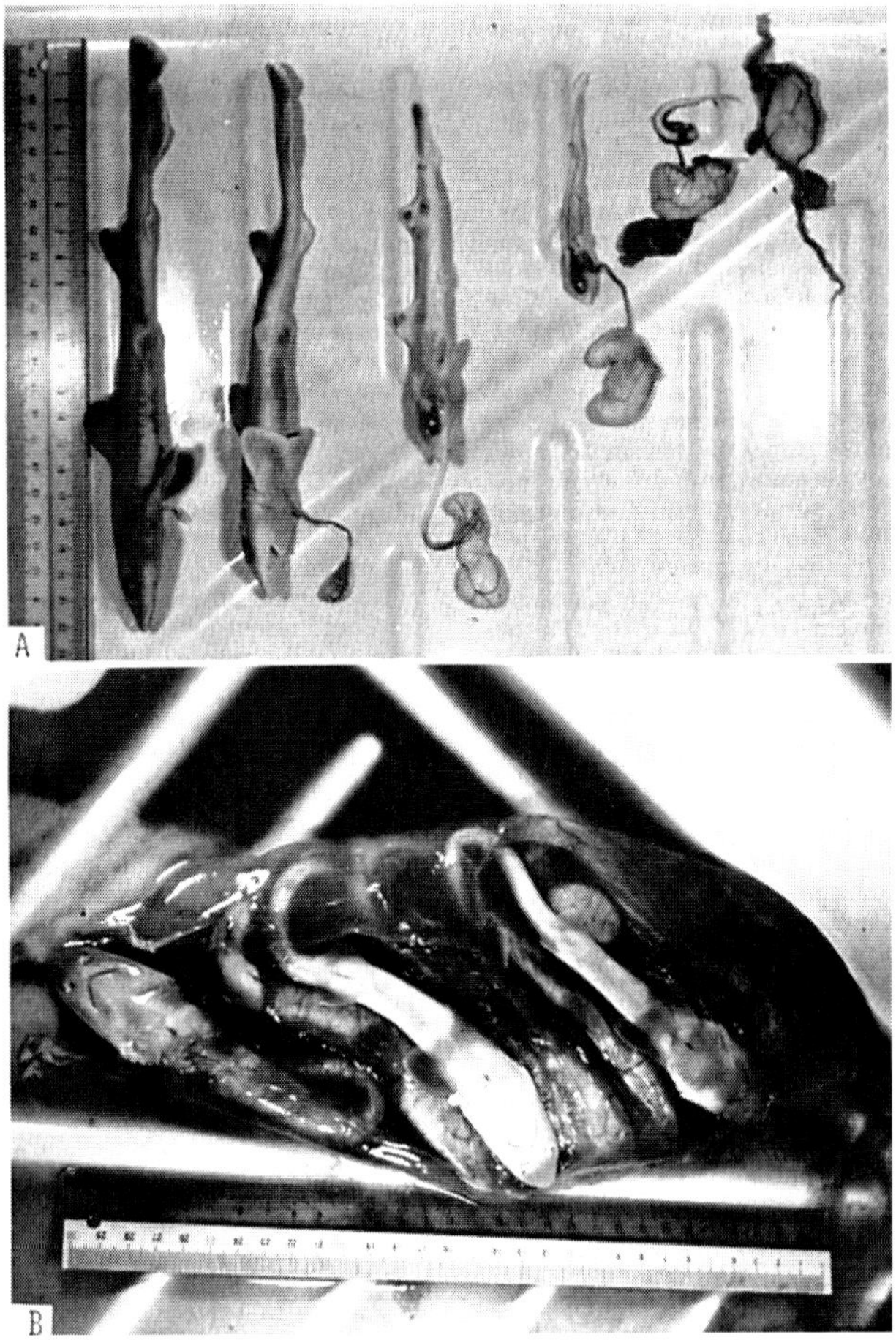

図10　A：ホシザメ胎児の成長。外卵黄嚢の大きさと卵黄柄の長さ。右側から、胎児の大きさ 22mm（外卵黄嚢に密着）、52mm、90mm、145mm、206mm、230mm（全長）。B：8尾の胎児（全長 230 ～ 247 mm）は子宮の中に形成された部屋の中で成長、卵黄は吸収されている。胸鰭の間の中央部に、卵黄柄の痕跡が見える（Teshima, 1981）

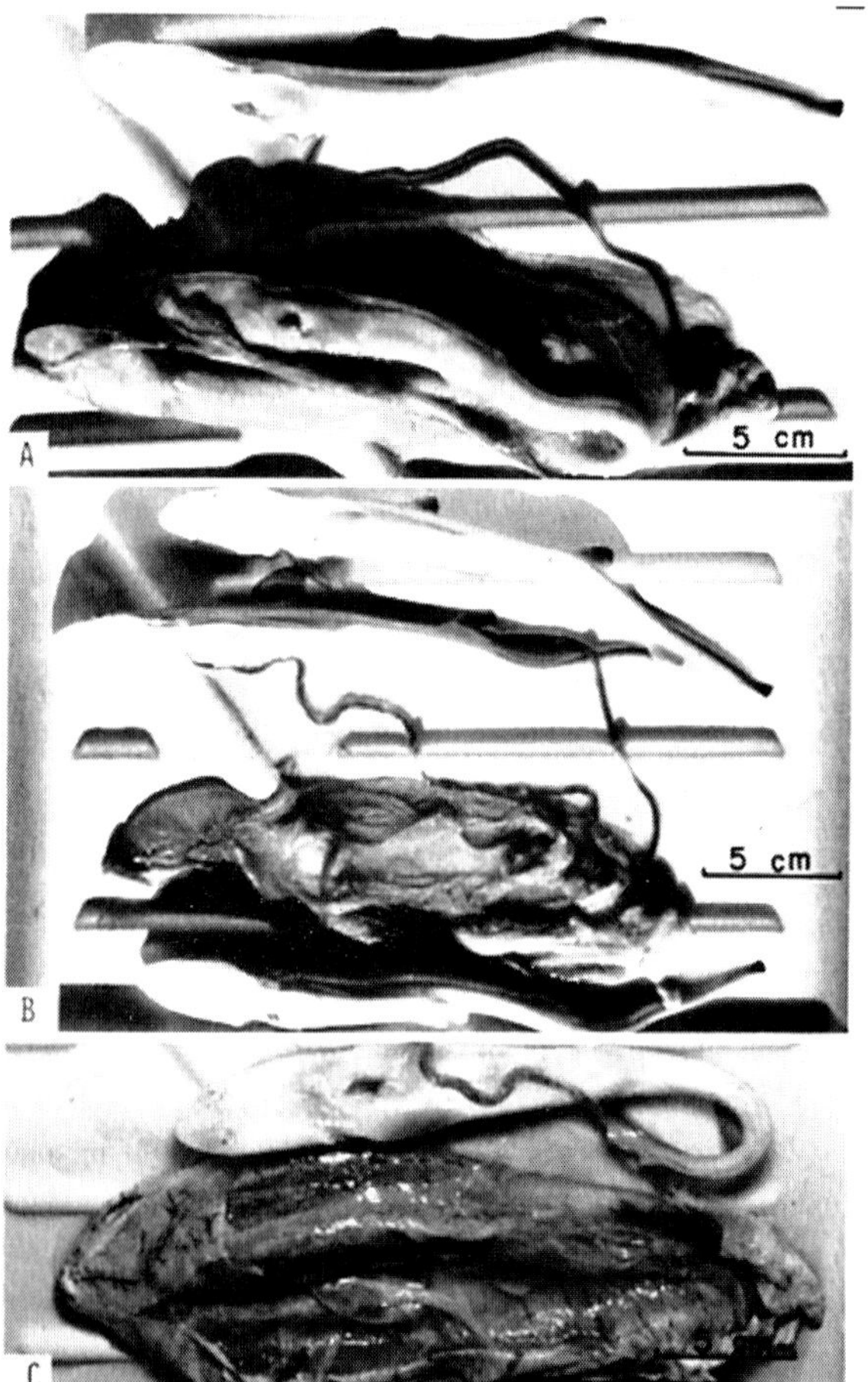

図11　シロザメ胎児。臍帯は長く、子宮隔壁下端に胎盤が形成。A：全長 235mm、236mm、237mm の胎児。B：A と同じ。胎児は隔壁より出ており、臍帯と胎盤（子宮隔壁下端に）が見える。C：４尾の胎児。全長 272mm、280mm、292mm、294mm。残り３尾の胎児は隔壁内（Teshima, 1981）

シロザメの胎盤は、胎盤母体部（子宮部屋の下端部）と胎盤胎児部（外卵黄嚢の下端部）の二つの組織により構成されます。全長二百三十五ミリメートルの胎盤の組織切片を顕微鏡で見ますと、胎盤母体部と胎盤胎児部の上皮細胞のほとんどが減少し、その下の毛細血管網が直接胎児膜に接しています。つまり、胎児側から見ると、胎児側毛細血管網、胎児膜、母体側毛細血管網の順に並んでいます。

ホシザメもシロザメも母体が大きいほど多くの子供を育てます。ホシザメの場合、親魚が全長で六百三十〜八百五十ミリメートルで、胎児数は一〜八個体、シロザメでは、八百三十八〜千ミリメートルで、五〜十六個体と変化します。両種の胎児は、胎児の数に応じてできた子宮の部屋で、胎児膜に被われて成長します。

なお、ホシザメとシロザメの生殖について詳しく知りたい方は、ウエブの水産大学校のホームページを開いて下さい。左側に羅列されています項目のうち、「研究・社会連携」をクリックして下さい。「教員研究情報・産学公連携」をクリック。「研究の紹介」の下側にある「水産大学校研究報告」をクリック。「第二十九巻」をクリック。第二十九巻第二号の「日本産ホシザメとシロザメに関する研究」をご覧下さい。また、ウエブ内でホシザメやシロザメに限らず、サメ類の生殖で検索して下さい。最近の研究成果を見ることができるでしょう。

胎盤についての会話

「サメに胎盤があるって知ってた」

「サメってサカナでしょう」

「そんな訳ないでしょう。確か、クジラには、胎盤はあるよね。だって、海の哺乳類っていうから」

そうなんです。サメにも胎盤があるんです。

ホシザメ雌は胎盤を作りませんが、シロザメ雌は胎盤を作ります。

ホシザメとシロザメは七～八月にかけて排卵と受精を行い、次の年の四～五月頃に全長三百ミリメートルの胎児を出産します。妊娠期間はおよそ九ヶ月程度です。

シロザメでは、胎児が全長で九十～百ミリメートルまで成長すると、胎盤の形成が開始されます。胎盤は、胎児の外卵黄嚢下側に形成された襞と胎児が納まっている子宮隔壁の下端にできた襞とが、互いに接合することによって作られます。胎盤形成後、胎児は母体からの栄養と外卵黄嚢内の卵黄の両者から栄養を補給され成長します。胎児が二百ミリメートル以上に大きくなると、卵黄は吸収し尽され、母体からの栄養のみで出産まで成長します。

一方、ホシザメでは、胎児は母体から生まれ出るまでの間、自分の持っている卵黄嚢内の卵黄を栄養として大きくなります。

「ふ〜ん、サメにも胎盤があるんだ。何だか不思議な感覚」

「そうなんだ、不思議といえば、同じ属でありながら、胎盤はホシザメにできなくて、なぜ、シロザメにできるのかっていうことなんだ」

「進化の過程でシロザメに胎盤が形成されたんだね」

「そうすると、進化の過程にあるホシザメにも、やがて胎盤ができるってことだよね」

「そう思うよ」

「確かめたいな〜」

「確かめるには、何千年もかかるよ」

「だから、ここに書いておこうと思うよ。何千年か後に、ホシザメにも胎盤ができたことを証明してもらうためにもね。ほら、あの方のいっていた話は正しかったんだね」

「気の遠くなるような話だね」

「そうさ、進化へ至る過程は、気の遠くなるような話だよ」

「よくいうじゃない。この野球選手は進化したって」

「あれっておかしいよね。進化じゃなくって、進歩だよね」

「うん、そうだね……」

ところで、世界の海には四百八十種類のサメが分布しているそうです。この数は研究者によって多少違いがあります。このうち、およそ十パーセントのサメ類に胎盤が見られるそうです。

「およそ五十種類のサメに胎盤があるってことだよね」
「そんなに多くのサメ類に、胎盤があるなんて全く知らなかったよ」
「サメって、やっぱりサカナじゃないみたい」
「うん、本当だね」

お父さんと信《のぶ》くんとのおはなし

信（信洋《のぶひろ》）くんは幼稚園の年長組です。お父さん、お母さん、お兄ちゃんの健一さんと四人で山口県下関市にすんでいます。

信くんのお父さんは、大学で〝サメ〟の研究をしています。

ある日曜日のひるすぎ、信くんは、お父さんにたずねました。

「お父さん、サメの研究をしてるんでしょう。サメって、なに、教えて」

お父さんは、わかりやすい話をするために、しばらく考えてから答えました。

「信くん、サバやアジを知ってるよね」

「うん、知ってるよ、魚やで見かけるよ」

「サバやアジの体はかたい骨でできているんだ。同じ魚なんだけど、サメの体はやわらかい骨でできているんだ。それに、サメは頭の両側に五つ～七つの、多くのサメは五つの板のように細長い〝えら〟をもっているんだ。この二つが普通の魚とサメの大きな違いかな」

と、お父さんはいいました。

その日の夜、

「きょうのひる、信くんからサメについてきかれたんだ。信くんが来年四月に小学校にあがったら、……お母さん、お母さんたら、きいてる」

「ちゃんときいてますわよ」

「夏休みに家族で沖縄の美ら海《ちゅうみ》水族館へ、信くんにサメを見せに行こうと思うんだけど」

「そうね～、お兄ちゃんは、さらいねん中学三年になると、高校の受験勉強でいそがしくなるし、家族四人で旅行をするには来年がいいと思うわ」

と、お母さんも大よろこびです。

そして、年があけて、信くんはぴかぴかの小学一年生。お兄ちゃんは、中学二年生となりました。まちにまった、夏休みです。

ついにやって来ました。美ら海水族館です。入り口では、大きいジンベエザメのフィギュアが、信くんたち四人をむかえてくれました。

水族館のなかには見上げるばかりのでっかいすいそうがあり、六、七メートルの本物のジンベエザメがゆうゆうと泳いでいます。

「わ～すごい」

と、声をあげました。信くんはこのようなでっかいサメを下から見るのは初めてです。なにかを見つけました。

「ジンベエザメのお腹のところにある二つのぼうは、なに」

と、指さしました。

「うん、あれは、おちんちんだよ。だから、〝おす〟なんだね。となりのジンベエザメは、ぼうをもっていないよね。〝めす〟なんだ」

「でも、なぜ二つもあるの」

と、信くん。

「きっと、神さまが二つくれたんだね」

信くんは、サメの〝おす〟と〝めす〟の違いがわかったようです。

三メートルをこえるドタブカが向かって来ました。目と目があいました。

「うわ〜、こわい〜」

といって、信くんはのけぞりました。

「信くん、見た。ドタブカのえらだよ。板のように細いえらが五つ」

「うん、なんとか見えたよ、五つあったよ」

「おくにいるオオメジロザメはかわっているんだ。海にすんだり、湖にすんだり、海と湖をつなぐ数百キロメートルもある河を、行ったり来たりしているんだ」

「ふ〜ん、しょっぱい海の水と真水の両方で生きられるんだね。ふしぎだな」

「あの、すいそうの底にじっとしている三メートルくらいのサメはなんていうの」

「オオテンジクザメさ」

と、お兄ちゃんの健一さん。さすがに中学生。よく知っています。

「オオテンジクザメは全長で八〇センチメートル前後の赤ちゃんを同時に二つ～四つ産むんだ。赤ちゃんは、お母さんザメのお腹のなかでたまごをいっぱい食べて、赤ちゃんのお腹はボールのようにふくれているんだ。お父さんが見つけたんだぞ」

と、とっても得意そうです。

サメの種類について、

「二十センチメートルと小さいツラナガコビトザメから十五メートルをこえる大きいジンベエザメまで、世界の海には四百八十種類以上のサメがいるんだ。そのうち、日本の海には、百三十種類のサメがいるんだ」

と、お父さんは説明しました。

「四百八十種類のうち、オオテンジクザメのように、お母さんザメと同じ形の赤ちゃんを産むサメは二百九十種類で、残りの百九十種類のサメは、赤ちゃんの入った殻を産むんだ」

「サメの種類によって、殻の大きさや形は違っていて、殻が海底に産み出されたあと、しばらくして、赤ちゃんが殻から出て来るんだ」

「赤ちゃんを産むサメと赤ちゃんが入った殻を産むサメの二つがあるんだね」

と、信くん。

「赤ちゃんの生まれ方は二つなんだ。だけど、赤ちゃんの育ち方は、それぞれのサメによって違っているんだ」

「ふう～ん、いろんな形があるんだね」

「え、もう閉館の時間、まだまだ、話しきれないよ」

と、お父さんは残念そうです。

信くんは、サメについて、もっともっと知りたいと思いました。そのためには、たくさんの本を読まなければなりません。

「その前に、小学校でいっぱい漢字《かんじ》の勉強をしなくっちゃ」

と信くんは心に決めました。

世界のホシザメ類

ところで、全世界を見渡すとホシザメの仲間は全部で二十四～二十六種類いるそうです（研究者によって種の数は異なっています）。そうなると、種を区別する鍵としては、胎盤の有無や唇弁の長さではどうにもなりません。

図十二をご覧下さい。ホシザメの仲間は大陸の浅海域にまんべんなく分布しているのが分かります。私はホシザメ類に関しては、日本産の二種のみしか見たことがありません。残りの二十数種については、文献からの知識のみです。

その文献からの知識では、ホシザメ類の胎盤形成の有無と白点の有無との間には、白点がない種には胎盤が形成される傾向があるように思われます。表一に二十六種のホシザメ類の分布

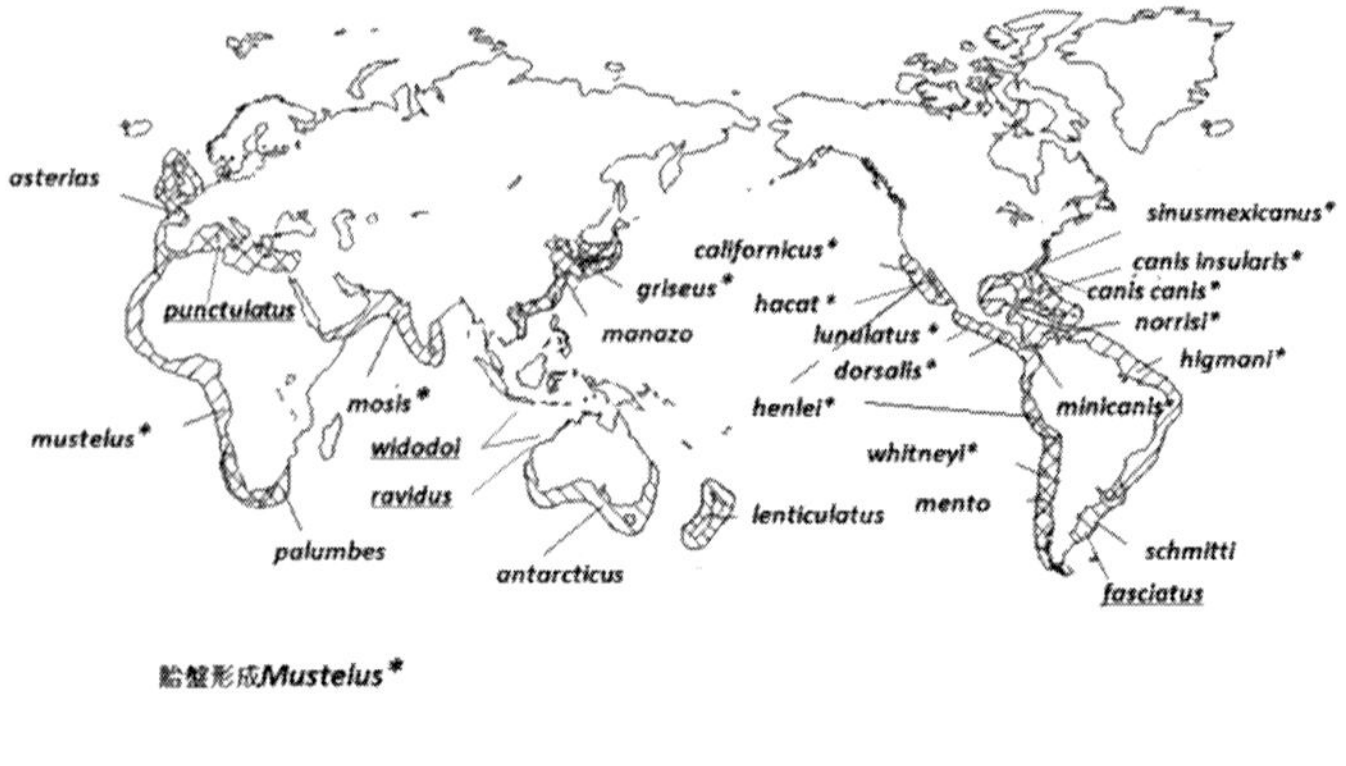

図12　5大陸に沿った沿岸域に26種のホシザメの仲間が分布している。
＊は胎盤を形成するホシザメ類（発表されている文献を基に、手島が作成）

表1

26種のホシザメ類の分布域、胎盤形成の有無、白点の有無、大きさを示す

	種	分布域	胎盤	白点	大きさ (cm)
1	*antarcticus*	オーストラリア南部	×	○	80 - 157
2	*asterias*	ヨーロッパ	×	○	85 - 140
3	*californicus*	カリフォルニア湾	○	×	70 - 124
4	*canis canis*	北アメリカ東岸	○	×	90 - 122
5	*canis insularis*	カリブ海諸島	○	×	90 - 117
6	*dorsalis*	中央、南アメリカ西岸	○	×	43 - 64
7	*fasciatus*	ブラジル～アルゼンチン	不明	×	62 - 125
8	***griseus***	日本～ベトナム	○	×	87 - 101
9	*hacat*	カリフォルニア湾	○	×	- 120
10	*henlei*	カリフォルニア～ペルー	○	×	66 - 95
11	*higmani*	ベネズエラ～ブラジル	○	×	48 - 64
12	*lenticulatus*	ニュージーランド周辺	×	○	113- 137
13	*lunulatus*	カリフォルニア～パナマ	○	×	97 - 170
14	***manazo***	日本～ベトナム、ケニヤ	×	○	70 - 100
15	*mento*	ペルー～チリ	×	○	90 - 130
16	*minicanis*	ベネズエラ	○	×	47 - 57
17	*mosis*	紅海～ナタール、北東南アフリカ	○	×	82 - 150
18	*mustelus*	ヨーロッパ～地中海～アフリカ西岸	○	×	80 - 164
19	*norrisi*	フロリダ～メキシコ～ベネズエラ	○	×	65 - 100
20	*palumbes*	南アフリカ	×	○	102- 120
21	*punctulatus*	地中海、サハラ西岸	不明	●	60 - 95
22	*ravidus*	オーストラリア北西岸	不明	×	66 - 79
23	*schmitti*	南ブラジル～北アルゼンチン	×	○	60 - 74
24	*sinusmexicanus*	メキシコ湾	○	×	80 - 140
25	*whitneyi*	ペルー～南部チリ	○	×	74 - 87
26	*widodoi*	インドネシア～北西オーストラリア	不明	×	83 - 110

※太文字の種は、日本産のホシザメ（*manazo*）とシロザメ（*griseus*）。他のサメには、日本名がないため、学名を表示しています。●は黒点

（この表は、発表されている文献を基に、手島が作成）

域、胎盤の有無、白点の有無と大きさをリストアップしてみました。

白点なしで胎盤ありが十五種、白点ありで胎盤なしが七種、白点なしで胎盤の有無が不明が三種、黒点ありで胎盤の有無不明が一種でした。白点と胎盤との関係は、学問的には的確性を欠いていると思われますが、興味深い問題だと思います。

ここで黒点を持つホシザメの仲間が地中海で出現していますが（表一）、白点でなく、なぜ黒点か。これも興味のある問題の一つだと思います。

前述した二十六種の世界における分布域から、日本産のホシザメとシロザメと同じような、白点と生殖様式を示すサメ類が、他の二水域に分布していることが分かりました（図十三）。

それらは、ヨーロッパからアフリカ西岸域に

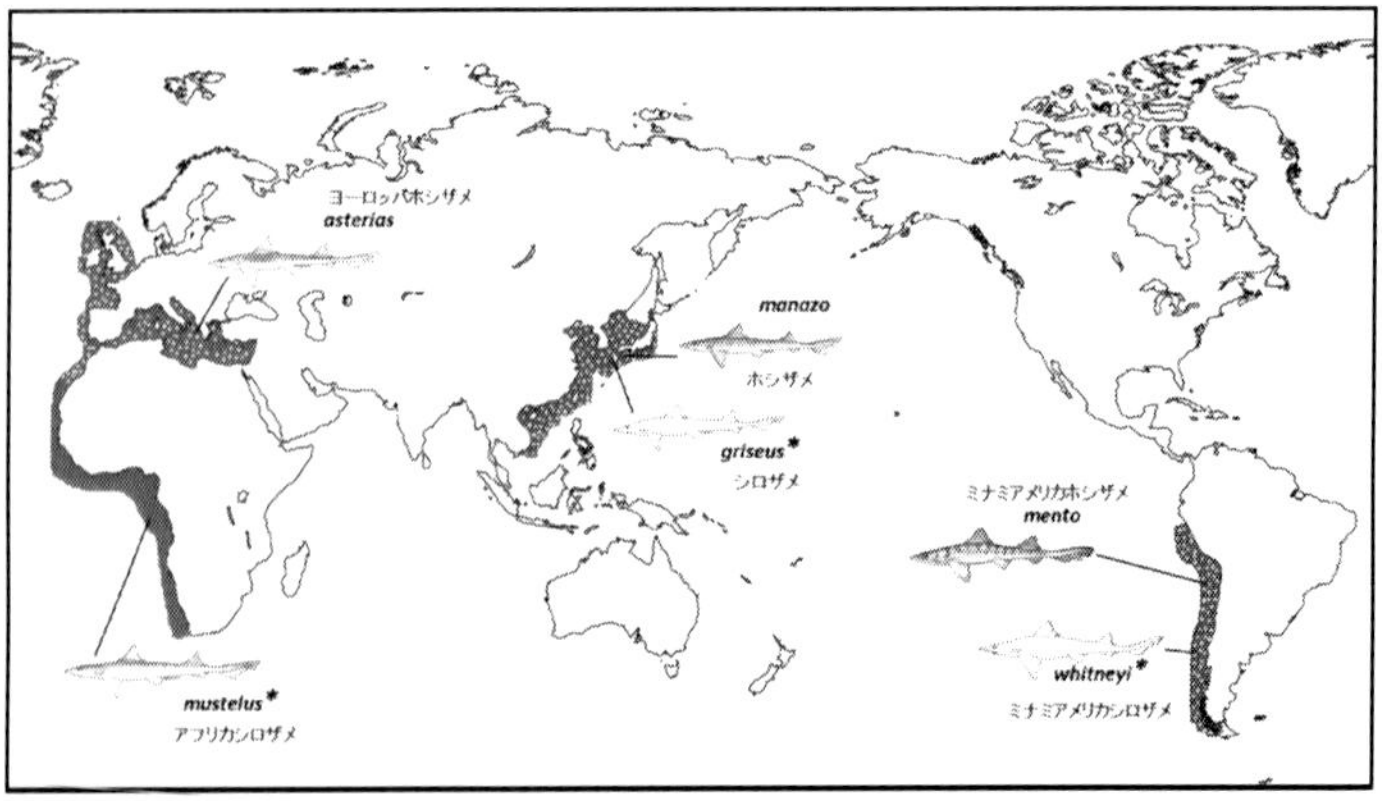

図13　日本産のホシザメとシロザメと似たような生態（胎盤とホシ印）を示す4種のホシザメ類（発表されている文献を基に、手島が作成）

棲息している *Mustelus asterias*（仮にヨーロッパホシザメと呼びます）と *M. mustelus*（アフリカシロザメ）です。それに南アメリカ西岸域に分布している *M. mento*（ミナミアメリカホシザメ）と *M. whitneyi*（ミナミアメリカシロザメ）です。和名がないために、学名の後に括弧で仮に名前を付けておきます。もうお気付きのことと思いますが、○○○ホシザメは体にホシ印（白点）があり、○○○シロザメにはホシ印はありませんが、胎盤があります。

南アメリカ西岸の二種は、日本産と同じように分布域は一致していますが、ヨーロッパからアフリカ西岸に分布している二種の分布域は一部分のみ重複しています。このため、ヨーロッパホシザメとアフリカシロザメと、ヨーロッパとアフリカで異なった名称を、仮に使用しています。日本から直線距離で一万四、五千キロメートル離れた二つの異なった水域で、日本産のホシザメとシロザメと同じような関係性、すなわち、二種のうち一種のみに胎盤が形成されていて、しかも、ホシ印のないサメに胎盤が形成されている現象は、極めて興味深いと感じています。ただし、これらの現象については直接調べたのでなく、文献からの引用であることを明記します。と、いうことは、やはり近いうちに誰かが、なぜ同じような現象が発生したのかを調べる必要があります。

いずれにしても私ができなかった二つのこと、すなわち、全世界のホシザメの仲間の生殖様式を調べることと、ホシザメとシロザメと似たようなサメ類が、なぜ世界の他の水域に分布しているのかを、どなたかが究明されることを望んでいます。

十数年前にはホシザメ属のサメ類は二十三種でしたが、その後数年内に二十六〜二十七種となりました。今後、新しい分類手法が確立されることにより、種の数の増減があると思われます。

「シロさんよ､数十年前に手島某さんが私らのことをお調べになったというけど､本当やろうか」

「ホシさん、どうやらそのようですよ」

「ま、お調べになったといっても、一パーセントも分からないだろうがね」

「どうしてですか」

「よく考えてみて下さいよ。私らは海の中で生活をしていますよ。それをまな板の上で観察したって、たかが知れているでしょうに」

「それはそうですね」

「それに私たちの仲間は全世界に二十数種もいるんですよ」

「全世界の研究者がタッグを組んでやるなら別ですけれどね」

「それにしても、私たちと同じような仲間が世界中にいることが分かれば、遊びに行けるじゃないですか」

「遊びに行けるって、どうやって、あんなに遠い所まで行くのですか。また、言葉は通じるのですか」

「それは分かりませんが」

「それにしても、私たちの生態が解き明かされるまでには、あと、何十年もかかるでしょうに」

「そうですね」

「私はヨーロッパの仲間のところに行きたいな。楽しみにしていますよ」

「ホシさん、それではまた近いうちにお会い致しましょう」

「シロさん、それでは、お元気で」

水産大学校助手と水泳部顧問

〝星ふる夜にホシはなし〟の項で述べましたように長崎大学大学院修士課程を修了し、運良く水産大学校へ助手として奉職することができたのが昭和四十七（一九七二）年四月でした。

下関の魚市場で研究材料としてホシザメとシロザメを見つけました。

昭和五十五（一九八〇）年にそれまで行った八年間の研究成果を取りまとめて、「日本産ホシザメとシロザメの生殖に関する研究」（英文）として、京都大学農学部に博士論文として提出し、農学博士の学位を授かりました。ホシザメ属でありながら、ホシザメには胎盤ができず、シロザメは胎盤を形成するという論旨で、両種の受精から胎児の出産までの過程を明らかにしました。

京都大学への論文提出に関しましては、ある時ある大学で水産学会が開催された折に、恩師水江先生が、京都大学教授、岩井 保先生に、私の論文を審査して頂けるように、直接依頼されたご尽力によるものでした。

水産大学校での仕事は、実習や演習で教授先生の補助的役割でした。当然、本来の業務はサメとは全く無縁で、年間二、三十万円の研究費を研究室の目的とは関係なく、サメの購入費などに使用することには、批判的な目で見られているのも事実でした。助手の業務には専念していましたが、サメが前面に出て、本業に怠慢であるようにも、受け取られていたのかもしれません。

私は下関の魚市場に加えて、水産大学校から約四キロメートル北側にある吉母漁港でも、ホシザメとシロザメを漁業協同組合から購入していました。小型の漁船が昼過ぎには漁場から帰って来ます。前の晩に出漁した一人か二人乗りの漁船です。漁獲したサメは生かした状態で持ち帰ります。それを購入するのです。このため極めて鮮度は良好です。何せ、購入するまで生きていたのですから。

それを持ち帰り、漁業学科棟と本館の間の空き地において、体長などの外部測定、写真撮影を済ませると、解剖を行っていました。私は、漁業学科に籍を置いていたために、解剖をするための実験室などの提供を受けていませんでした。このため、外の空き地で解剖などを行っていました。

その姿を目撃した庶務課の若い事務官は、「先生、残ったサメはどねいにするんですか」と、尋ねました。

「ごみとして捨てますよ」

「そしたら、もったいないので、もらってもいいですか」

「どうぞ、どうぞ」

解剖といっても、生殖腺を主体として切り取っていましたので、サメ本体はそのままの状態で残っていました。

解剖が終わった個体を引き取ったその事務官は、さっそく、〝ゆびき（湯引き）〟を造り上げました。これを肴として楽しい時間を過ごしていました。

下関地方ではサメは、フカと呼ばれています。鮮度の良い〝ホシブカ〟や〝シロブカ〟はかなりの値段で取引されています。ゆびきとするには鮮度が重要で、吉母漁港で購入したフカは、ゆびきとしては最高級品であったわけです。鮮度の良い状態から造り上げられたフカのゆびきは、タイの刺身にも劣らないとの評判です。酢味噌で食べることをお忘れなく。

なぜ、生きた状態の標本を必要としたかというと、シロザメの臍帯を電子顕微鏡観察用の材料として使用したからです。

水産大学校在籍中に、漁業学科助手の業務を行うと共に、学生の課外活動としての水泳部顧問にも就任していました。学生の時水泳部に属していた関係で、顧問の仕事を仰せつかりました。先日、上京する機会がありましたので、増殖学科の二十七期生の坂部修一さんと連絡を取りますと、水泳部学生であった卒業生七名が、私の上京を迎えてくれました。その時の感想を以下に示します。

平成三十（二〇一八）年十月十三日、東京新橋近くの居酒屋に水泳部ＯＢ八名が集まる機会がありました。皆様の思いを語って頂きました。

十月十三日、手島先生が上京され、坂部さんの号令のもと七名の水泳部ＯＢが集合しました。

卒業してから四十年の月日が過ぎ、各々が数え切れない程の苦労をし、泣き笑い、成功と失敗を積み重ね、組織のトップに立つ人、会社員、自営業、リタイアをし、悠々自適な生活をする人、様々であります。ところが、乾杯を合図に手島先生をはじめ全員が学生時代に戻ったように昔の話に、現在の話にと花を咲かせました。本当に、仲間とは素晴らしいものです。

さて、私はというと四十年前、東京築地市場の大卸会社（全国の生産者から荷物を委託される会社）に就職をしました。現在は仲卸会社（大卸会社から物を仕入れ、小売店等へ販売する会社）に勤めています。そして十月六日、営業終了と共に引っ越しの準備に取り掛かりました。そうです、ＴＶでも流されていたので御存知の方もいらっしゃるかも知れませんが、ターレーの移動等、築地市場から豊洲市場への大移動の開始です。

十月十一日、築地市場八十三年の歴史に幕を閉じ豊洲新市場が開場しました。当日は鮮魚等を積んだ大型トラックや市場関係者、買い出し人の車で市場内外が大渋滞しパニック寸前でした。これから先が思いやられましたが、なんと翌日には渋滞は無くなり、翌々日には市場内も良くも悪くも物流面、通行面等、形ができつつあります。本当に人間の創造力は素晴らしいものです。

元に戻りますが、手島先生の上京を機に仲間の繋がりの強さと、人の素晴らしさを、改めて感じてやまない有意義な一日となりました。ありがとうございました。（興膳宏之、漁業学科二十七期）

『スマートで、目先が利いて、几帳面、負けじ魂、これぞ船乗り』このフレーズは、海を仕事の場とする者の素養として、帝国海軍から海上自衛隊に継承されてきた教えのひとつです。私は、昭和五十三年に専攻科を卒業し、海上自衛隊に入隊しましたが、吉見での学業・航海実習・寮生活・水泳部活動を通じて、この船乗りとしての素養が既に培われていたおかげで、三十三年間大過なく奉職できたと思います。今回会合でお会いした先輩、同期、後輩の皆様も、よく利く目先と負けじ魂で人生の荒波を力強く乗り越えてきた自信と気骨にあふれていました。愉快に快活に水大水泳部の旧交を温めることができたことに心から感謝します。(東 祥介、機関学科二十七期)

三十前にスポーツクラブに入会して以降、水大水泳部で慣れ親しんだ水泳を月に十五日間、一日千五百メートルをノルマに続けています。当初は体力維持が目的でしたが、六十歳代に入ってからは、もっぱら生活習慣病対策のために頑張っています。しかし、歳には勝てず、疲労度もタイムも増加の一途です。体力維持の確認のために、十五年前から湘南での二・五キロメートルの遠泳大会参加を続けて、なんとか完泳しています。水泳の後の一杯は格別で、ついつい量が増えてしまい、血糖値はなかなか下がりません。六十歳半ばになり、仕事はストレスも残業もないので、就業後は水泳と友人達との飲み会を楽しんでいます。心身の健康のため、もうしばらく水泳を頑張ってみたいと思います。(坂部修一、増殖学科二十七期)

昭和五十四（一九七九）年機関学科専攻科を卒業、潜水艦乗りの夢破れ外食企業で洗場から勤め始めて四十年になろうとしています。三光汽船のタンカー国光丸に乗った頃、毎日の楽しみは練習船とは一味違う食事の時間。それが外食企業を選択した一因になっていると思います。

水大では、自己紹介で対人能力を教育され、寮の部屋廻りで上下関係を叩き込まれ、水泳部で酒と体力を鍛えられ、合ハイで女子とのふれあいを覚え、練習船では同期との絆を養いました。それが社会にでて、どれだけ役に立ったか計り知れないものがありました。

潜水艦乗りの夢は潰えましたが、外食企業で社長までキャリアアップできたのは、水大でのこのような社会人になる為の基礎鍛錬があったからこそと感謝しています。今、その基礎鍛錬が母校から無くなりつつあるのが寂しい次第です。（稲葉匡、機関学科二十八期）

残暑厳しい九月も終わりに近づいたある日、水泳部の一年先輩の坂部さんから手島先生が上京されるので久し振りに先生を囲んで親しい仲間と集まらないかとメールを頂きました。勿論ふたつ返事の快諾で、お話をくれた坂部先輩には感謝です。十月十三日（土）の当日、場所は人が賑わう新橋駅前でニュー新橋ビルのとある酒場、集合時刻は夜の始まり十七時半、集まった面々は手島先生はじめ八名の懐かしい人達で先輩が三名、同期が自分含め三名そして二期下の後輩が一名、取り分け手島先生とは約十年振の再会でお変わりないご様子に安堵しました。三時間呑み放題コースとの事で、カウントダウン早々皆さんとても六十代とは思えない呑みっぷりで、自分が入学した四十四年前を彷彿させるものでした。夫々の現況の話、昔あの当時の思い出話で時間があっと云う間に過ぎ、強かに酔ってしまいました。帰路の記憶も定かではありませんが、次回を楽しみに家路についた次第です。（福森將之、機関学科二十八期）

九月の中旬でしたか、一期先輩の坂部さんから手島先生の上京に合わせてみんなで集まるよとお声がけいただき、今回参加させていただきました。

振り返れば、もう二十年も前になるのでしょうか、先生が仙台在住のときにはお宅にまでお邪魔して奥様の手料理のおもてなしをいただき、時には私の近所の居酒屋でご一緒させていただくこともありました。水産大水泳部でお世話になった先生が、私の出身地仙台にいらっしゃる偶然がとても喜ばしくうれしかったことを覚えています。

宮城在住のまま、同期の稲葉、福森、宇野各氏が担当年となって以来、滄溟会関東支部総会の懇親会に参加しそこで水泳部の皆さんとお会いできてましたが、次は単独で水泳部ＯＢ会が開催され、さらに年長の先輩諸氏にお会いできる機会があればそんな嬉しいことはありません。（松田厚彦、機関学科二十九期）

今年の十月十三日は私にとって大変幸運な日となりました。久しぶりにいただいた坂部先輩からのメールで手島先生の上京にあわせて水泳部先輩諸氏が集まるとのことで、もし出張で日本に来ていたら是非とのお誘いがありました。その日付を見ましたら図らずもちょうどプライベイトで三泊の短期滞在で東京に行く日程と重なり、手島先生他諸先輩方々と久しぶりにお会いできました。正にタイムスリップしたひと時を過ごすことができ、本当に懐かしく、楽しかったです。先輩の方々にお会いしてすぐに思い出されたのが、私が三年生で水泳部のキャプテンだった時のことでした。ちょうどそれは四大学対抗の総合十連覇目の年でした。十連覇を成し遂げるために新入生勧誘から始まり、手島先生をはじめ、諸先輩方の力を無理くりお借りして水大水泳部の総合力でどうにか十連覇を勝ち取ることができたことを思い出し、泣きたくなるような気持ちでした。

水漏れプールの件で猪野校長宅に夜な夜な手島先生と数学の斎藤先生も引き連れて押しかけ、修理をお願いしたことも十連覇のためでしたし、手島先生や斉藤先生のお力もお借りした総合力でした。今となれば本当に貴重な思い出です。

私は二十九歳の時に日本の水産会社から渡米と転職を決意してシアトルベースのアラスカ関連の水産会社に再就職しました。家族共々、妻と五歳と二・五歳の娘を連れていきなり引っ越しましたから、今から思えば無謀な挑戦でした。ただ当時は若かったのでしょう。それが全然無謀とは思えずに前だけを見て（というか前だけしか見えずに）裸一貫アメリカでやり直しという気持ちで希望と向上心に溢れていたことを思い出します。今から思えば水大時代の手島先生の影響が多分にあったと思いますし、非常に感謝する次第です。シアトルに来てから早三十一年が過ぎアラスカの水産業界も時代とともに変化をして来ました。渡米した当時のアラスカ水産業界では缶詰以外のほぼ九割以上が日本マーケット頼りでした。その後五年から十年の間隔でマーケットの大きな変化の波が来て、それに伴って漁獲および生産体制の変革も進みました。それと同時にアラスカの水産物の需要がさらに世界に拡がり、かつまたアメリカ国内市場でも消費が拡大し、ここ十〜十五年は完全にワールドマーケットを相手にする業界に発展しました。

自分自身三十五年以上アラスカの水産業界に従事して来ておりますが、アラスカの水産業界はまさに日本が獲り方や作り方を教えて、さらにそれを日本マーケットに買って貰って成長してきた業界でしたが、昨今では日本向けのシェアが減り、世界的なシーフードの需要とともにその変化の速さに日々驚いている次第です。日本だけが食べてきていた美味しいシーフードが世界のみんなにその美味しさがわかってしまって、これからはもっともっと美味しいものが日本で食べられなくなるかもしれませんね。

次回の再会を切に願い、是非またお声掛けよろしくお願い致します。（岡野茂喜、漁業学科三十期、米国シアトル在住）

私事ですが、食道が破裂し命にかかわるような状況となり、平成二十九年十一月四日に関門医療センターで手術を行いました。それからおよそ三か月の間、点滴と経鼻経管栄養によりなんとか生き延びることができました。入院期間の最後の一週間、やっとお粥を主体に口から食べ物を取り入れることが叶いました。入院期間中、残りの人生、何かのお役に立ちたいと切望致しておりましたが、未だに何をしてよいのやらと、低迷状態にあるこの頃です。

そんな折の十月十三日、上京する機会があり、七名の水泳部ＯＢの皆様に会い、至福の時間を共有すると共に心温まる何かを皆様から頂いた思いでした。

今回、七名のＯＢの皆様方からの思いを（字数制限のため短い）原稿にして頂きました。在校生の皆様の参考の何かになればと思います。

次回（可能ならば、平成三十一（二〇一九）年）、より多くの皆様の参加の下、東京で水泳部ＯＢ・ＯＧ会の開催をと、願っている次第です。（手島和之、漁業学科二十期）

ここに紹介しました私を含む水泳部員ＯＢ八名による手記は、水産大学校同窓会誌〝滄溟〟百二十二号（二〇一九年三月）に掲載されています。その内容をここに転記しています。私とあまり年が離れていない方々の、学生時代と卒業後の声を是非お聞き下さい。

私の水産大学校教官時代の生活の半分は、水泳部と共にあったと自負しています。なお、前述した増殖学科二十七期の坂部さんは四年生の時、増殖学科学生であるにもかかわらず、漁業学科の私を指導教官として選び、卒業論文としてサメ類の生態について調査・研究を行いました。

やがて、七、八年が経過し、私は清水にあります遠洋水産研究所へ異動となりました。

文部省移管

平成二十八（二〇一六）年四月、水産庁水産大学校は水産庁水産研究所と統合となり国立研究開発法人水産研究・教育機構水産大学校と長い名称を与えられました。

水産大学校は、昭和十六（一九四一）年四月、朝鮮総督府釜山高等水産学校として設立されました。戦後、下関分所、第二水産講習所、水産講習所、昭和三十八（一九六三）年一月、水産講習所から水産大学校へ改称。その後、独立行政法人水産大学校へ。平成二十八（二〇一六）年四月、水産研究所と統合となりました。戦後の下関分所は、水産講習所（後に東京水産大学、現在東京海洋大学）の分所で、水産講習所の変遷に伴い、分所の名称も前述のように変更されました。

私が入学した昭和四十一（一九六六）年当時の水産大学校には、教養学科、漁業学科（定員五十名）、機関学科（五十名）、製造学科（五十名）と増殖学科（三十名）の五学科がありました。教養学科を除く四学科に、一学年合計百八十名の学生が在籍していました。私は漁業学科で船舶運用学過程に属していましたが、視力が低下したことを理由として、船乗りになる道を諦め、漁業過程に進路を変更していました。

将来、船舶職員を目指す漁業学科と機関学科の学生は、卒業後専攻科で一年間勉強し、甲種航海士や機関士の免許取得を要求されていました。これらの専攻科生に対して、中小企業の船舶経営者は、自分の会社への就職を優位に進めるために、奨学金を提供するなどしており、当時の専攻科生にとって就職状況は、製造学科や増殖学科の学生に比べて極めて良好で、安定した状態にありました。

入学試験の成績に関しましては、製造学科や、特に増殖学科の学生の方が、漁業学科や機関学科の学生よりはるかに優秀であったにもかかわらず、就職状況は入学試験を反映していませんでした。

当時、本校の卒業生には、大学卒業生に当然与えられる〝学士〟の称号は授与されませんでした。私は、学生の時にはこの事実を知りませんでしたし、仮に知っていたとしても、事実の重要性を認識するだけの能力をもっていなかったでしょう。

このような学士を与えられないという思いや不満は、水産講習所から水産大学校へ移行した頃から、少しずつ自然発生的に芽生え始めたようでした。

私は昭和四十七（一九七二）年四月から水産大学校の助手として勤務し始めました。この頃、学士取得などを含め、この解決策として文部省へ移管するための話し合いの場が頻繁に設けられました。

文部省に移管してもよいが、東京水産大学のように単科大学として移管することを望む声が大半を占めていました。私自身は、単科大学でなく、山口大学へ水産学部として移管することを切望していました。

大学の先生は、研究者である以上に教育者である必要があります。良い学生を育てることが第一の至上主義です。そのためには、総合大学の方が学生諸君を教育するに当たって、より良い土壌を提供してくれると信じているからです。その一例として、総合大学の場合、学生は異なった学部の学生と交流をもてるからです。そのうちに、文部省移管の話は時の経過とともに次第に消滅してしまいました。

水産研究所と一緒になった今では、同じ組織であることから、教育機関と研究機関の横の繋がりを密にして、研究機関から研究者を講師として招き、現在行われている最先端の研究について、話を聞くなどの体制を構築すべきと願っています。

現在では、水産大学校は水産流通経営学科、海洋生産管理学科、海洋機械工学科、食品科学科と生物生産学科の五学科で構成されており、ほとんどの先生方が博士の学位を有しておられます。教育者としてもまた研究者としても、今後益々の発展を期待しています。

幸いにも、現在、就職状況は良いと聞いています。

しかしながら、私としては、今でも山口大学水産学部であればという思いが、心の中に鎮座しているのも事実です。

アメリカの親友シーヒーさん

平成二十三（二〇一一）年四月十日付けで、山口県下松市の私の住所あてに一通の航空便が届けられました。アメリカからの便りです。

封筒の表書きの筆跡は見覚えのある字です。さっそく、封を切りました。ダニエル・シーヒー（Daniel J. Sheehy）さんからの手紙です。その冒頭には、Dear Yuki, Upon hearing of tragic earthquake and tsunami in Tohoku, I thought of you and your family and was concerned about your safety. ユキさん、東北での悲劇的な地震と津波の報に接し、ユキさんと家族の安否が心配で……と書かれていました。

なお、ユキさんとは私の呼び名で、アメリカ人の友達は私のことを、カズユキ、から、ユキと呼んでいます。

なぜ、私たち家族を心配する手紙が来たかと想いをはせると、私たち家族は、私が東北区水産研究所へ勤務していた時に、仙台市に住んでいたからです。

東日本大震災は平成二十三年三月十一日に発生しました。テレビで映し出される映像は、刻一刻と時間の経過と共に信じ難い様相を呈し、ただただ絶句するのみでした。

二男が山形の大学で博士（芸術工学）を授与されましたが、就職先が未だ定まらず、ひとまず下松で待機することとなっていました。山形から山口県まで車で帰る予定で、こちらの道のりも大変に難儀な状態でした。

このような状況の下、アメリカからの私たち家族の安否を気遣う手紙でした。手紙の中には名刺が入っており、メールアドレスが記されていました。さっそく、心温まる手紙に対する御礼をメールで述べました。

そのメールには、私と妻とは、震災の発生した時には既に山口県に住んでいたこと、妻が肺がんで他界したこと、それに長男と二男の近況を述べて、最後に、I pray for the earliest possible recovery from the unprecedented tragedy in the Great East Japan Earthquake and tsunami and I would like to express gratitude for the support provided by foreign nations.、と締めくくりました。最後の英文は英字新聞からのコピーです。

私が水産大学校の助手をしていた時、確か昭和五十三（一九七八）年か五十四年頃でした。当時の校長でアワビの生物学の権威であられた猪野 峻博士が、日本学術振興会（であったと思う）の博士取得後の研究者制度により、アメリカから招聘したのがダニエル・シーヒーさんでした。シーヒーさんはロード・アイランド大学において、大型エビ類の行動生態の研究で博士の学位を取得しています。猪野さんは私の研究室をシーヒーさんと共有するようにと要望され、彼との一年間にわたる共同生活が開始されました。

その頃、私は博士論文を取りまとめの最中で、いよいよ最終段階に到達していました。その論文の英語の校閲を、シーヒーさんにお願いしました。作業はとても順調にはかどりました。なぜなら、一対一で目の前に英語の先生がいる状態で、とっても贅沢な方法だったからです。以来、私が作成した論文の英文校閲は、ほとんどがシーヒーさんによってなされています。

平成二十八（二〇一六）年に取りまとめて、水産大学校研究報告に投稿した南米で採集した淡水エイ胎児の生態に関する論文も、シーヒーさんに見て頂きました。

いずれにしても、長い時間が経過しても私たち家族の安否を気遣い、心温まる手紙を差し伸べて頂いた親友、Dan Sheehyに心より感謝致しております。

特に書く必要のない話かもしれませんが、Danと並んで座ると、座高の高さはやや私の方が高かったと記憶しています。Danは身長が一・八メートル以上、私は一・六二メートル。要するに、下半身の長さの差の表れでした。私はあえて、

「下半身には人格はない、人格は上半身にあるのだ」

と、いって、自分を納得させていました。あくまでも、ついでの話ですが。

話は前後しますが、昭和五十五（一九八〇）年に南米で淡水産板鰓《ばんさい》類の調査を行いました。その際、南米への行程の途中で、シーヒーさんの自宅に滞在しました。その時、彼の案内でサメの研究を行っているアメリカ人に会う機会がありました。

アメリカ東海岸におけるシャークマンについて

私は、南アメリカにおける淡水産板鰓類調査隊の一人として、南アメリカへの往復の途中で、二回アメリカ東海岸を訪れ、その地でサメ類の調査研究を行っている人たち（シャークマン）にお会いすることができましたので、その時の様子を報告します。

私が最初にお会いしたのは、University of North Carolina, Institute of Marine Sciences（IMS）の Frank J. Schwartz 博士でした。IMS は North Carolina 州の東岸 Onslow 湾に面した静かな港町 Morehead 市にあります。時折、日本からの貨物船がこの地を訪れているそうです。最近、リゾート地として利用されており、町の人口は夏と冬とでは大いに異なっていて、正確な人口の把握はできないらしいとのことです。Schwartz 博士とは手紙で何回かの連絡を取り合っており、まず、最初にお会いしたいと考えていた方です。

Morehead 市に行くため、昭和五十五（一九八〇）年八月三日午後七時頃、Kinston 空港に到着しました。連絡されていたとおり、Schwarts 博士の学生 Randy Avant さんが出迎えてくれました。空港から Morehead 市までは約六十マイルの距離だそうです。日本の学生ならけして乗らないであろうと思われるほど極めて古いカローラに案内されて、午後九時過ぎに Morehead 市のモーテルに無事チェックインしました。

次の日の八月四日、朝九時頃Schwartz博士にお会いすることができました。五十歳半ば過ぎのがっしりとした身体の博士は、その時、不幸にも数日前に右足を骨折し、治療のために石膏を巻いておられました。

サメに対する博士の課題は次の二つです。一つはMorehead沖海域における標識放流による分布・回遊調査。二つ目は食用としての利用・開発調査です。このため、分布・回遊に関しては、〝Sharks of North Carolina and adjacent waters〟を刊行されています。利用・開発については、IMSの調査船が捕獲したサメ類を近くの博物館で自ら調理して、そこを訪れる観光客に試食してもらい、アンケート調査を既に数回実施されています。

次の日の八月五日、私は幸運にもIMSの調査船に乗る機会に恵まれました。船名はMACHA OUNGAで、四十七フィートの大きさです。午前七時四十五分に研究所の桟橋を離れ漁場へ向かいました。乗船者は八名、船長、乗組員二名、学生三名（男二、女一）、研究補助の女性それに私。Morehead市の前に横たわる細長い島を南へかわして操業を開始しました。最初、トロールを行い、はえ縄に付ける餌を確保します。水深は四十〜五十フィート、水温は約三十℃程度でした。

やがて、トロールで捕獲された魚をみんなで針に付け始めました。枝縄はチェーンで、数は二百本でした。女子学生はビキニ姿で作業をしており、思わず目を奪われました。投縄は簡単ですが、ラインホーラーがないので、揚縄には少し時間がかかりました。水温が高く、枝縄の餌の鮮度が低下するので、投縄から揚縄まではおよそ三十分程度でした。トロールを二回行い、浮はえ縄を二回行いました。その結果、メジロザメ科とシュモクザメ科のサメ類が二十尾捕獲されました。このうち、メジロザメ科のサメ（たぶん *Carcharhinus limbatus*、カマストガリザメであろう）の第一背鰭の中央部あたりに、赤い丸い標識（直径十ミリメートル前後）を取り付けて、放流しました。

一緒に乗船した学生諸君は実によく働き、見ていて気持ちの良いほどでした。働いてはコーラを飲み、また働く。港を出て一時間もしないうちに船酔いとなった私とは大きな違いでした。午後二時過ぎに研究所に帰り着きました。やっと、船酔いから解放されました。水産大学校漁業学科の現役教官として、船酔いをして、醜態をさらしてしまいました。

八月六日朝四時に私をモーテルから六十マイルも離れた空港まで車で連れて行ってくれたRandy Avantさんと、お世話になった方々に感謝をしながらKinstonよりFlorida州のGainesvilleへ向かいました。途中、AtlantaでPiedmont航空の飛行機に乗り換えました。飛行機は故障のため一時間半遅れて、十二時四十分頃Gainesville空港へ到着しました。

ここでは、サメ類の著名な研究者Stewart Springerさんに出迎えて頂きました。氏はさっそく私を自分の家へ案内しました。WashingtonのNational Museum Systematic Laboratoryを退官されて、現在、奥さんとお孫さんと一緒にGainesvilleに住んでおられ、八十歳の高齢にもかかわらず、自分の家にofficeを持ち、今も、サメ類についての論文を執筆中とのことでした。昭和五十四（一九七九）年に発表された大著〝A revision of the catsharks, Family Scyliorhinidae〟の原稿及び原図を見せて頂き、大いに感激しました。

次の訪問地であるUniversity of MiamiのArthur A.Myrberg博士に私のことを連絡して頂いたと同時に、Miamiでの私の宿泊所の予約までもして頂いた氏のご厚意に感謝しながら、同日夜、Miamiへ向けGainesvilleを発ちました。Gainesville空港は最近建設されており、すべての電源はソーラーシステムによって賄われているそうです。

八月六日の夜、Gainesvilleから乗った飛行機、Air Floridaのボーイング737の乗客は私を含めて全部で四人でした。搭乗に際して感謝の気持ちとして、四人の名前が機内でアナウンスされたのにには少々驚きました。Miamiに着いたのは、午後十一時過ぎでした。ホテルまでタクシーに乗りました。同じ方向へ行く三名が相乗りして、目的地で順次おりて、そこまでの運賃を支払っていました。タクシーの相乗りの経験は初めてのことでした。最初は間違いなく目的地まで着くのかどうか、とっても不安な一夜でした。

八月七日午前中、University of Miami Rosenstiel School of Marine and Atmospheric Science（RSMAS）を訪れました。RSMASはVirginia Keyの南西端のBiscayne湾に面した位置にあります。研究所は五つのDivisionから構成されており、私がお会いしたArthur A. Myrberg博士とSamuel H. Gruber博士はサメの研究者で、Division of Biology and Living Resourcesに属しておられます。両博士は、Office of Naval Researchの出版による〝Sensory Biology of Sharks, Skates, and Rays〟の分担執筆者です。Myrberg博士は長い間サメ類の行動生態、特に水中音に対

するサメ類の行動を研究されており、多くの論文を発表されています。また、Gruber博士は昭和四十一（一九六六）年以降、一貫してサメ類の目の機能に関する研究に従事されています。博士は、RSMASに数ヶ所の実験室を持ち、現在多くのLemon shark，*Negaprion brevirostris*を飼育中です。実験室でサメ類を飼育できるまでには、数年近い苦労があったとの話でした。

Miami滞在中にGruber博士の家に招待され、日系の奥さんMariさんとお二人の娘さん、Meeganちゃんと Ayaちゃんと、楽しい時間を持つことができました。

この文章は令和元（二〇一九）年十一月に書いていますが、ウエブでSamuel H. Gruber博士が、令和元年四月十八日にお亡くなりになられたことを知りました。訪米をした後、十数年間は互いの状況を報告し合っていましたが、その後、音信が不通の状態となっていました。この項目を書くにあたり、ウエブで探索の途中で訃報を知りました。心よりご冥福をお祈り申し上げます。

南米からの帰りに再びアメリカに立ち寄る機会がありました。十月二日、National Marine Fisheries Service (NMFS), Narragansett Laboratory の John Casey さんにお会いできました。Narragansett Laboratory は Rhode Island 州の Narragansett 湾に面した Narragansett に位置しています。Narragansett Laboratory は NMFS の Northeast Fisheries Center(NEFC) に属する六つの研究所の一つです。現在、NEFCで行っている多くの調査研究計画のうち、Narragansett Laboratory の John Casey さんを中心に Harold Wes Pratt さん、それに Charles Stillwell さんが、〝Apex Predators Investigation〟という題目の計画を担当しています。Apex predator としては、

図14　Narragansett Laboratoryの敷地内で。左からHarold Wes Prattさん、John Caseyさん、著者、Daniel Sheehyさん。Prattさんの左隣にNarragansett Laboratoryの看板が見える（アメリカ人の友人が撮影）

サメ類、マグロ・カジキ類がリスト・アップされ、それらの年齢や成長、行動・回遊などの調査研究が現在進行中です。特に、ヨシキリザメやアオザメ等の大型のサメ類の標識放流研究は世界的規模で行われています。Prattさんは最近、〝Reproduction in the blue shark, *Prionace glauca*〟と題する論文を発表しています。また、University of Rhode Islandからの大学院生、Nancy KoehlerさんとJohn Hoeさんが彼らの指導のもとに研究をしていました（図十四、この写真はDan Sheehyよりメールに添付されて届けられました。それにしても、Danも私も若い。少年老いやすく学成り難し……)。

次の日十月三日 Woods Hole Oceanographic Institution (WHOI) を訪れ、Richard H. Backus 博士と Francis G. Carey 博士にお会いできました。Backus 博士は〝The natural history of sharks〟と題する本の著者のお一人です。Backus 博士とは、サメの生殖について話すことができました。その話の中で、ホシザメ属のサメ類の生殖に強い興味を示されました。Carey 博士は最近 Maryland, Delaware, New Jersey 州沖合海域で acoustic transmitter を取り付けたヨシキリザメを十日間にわたり追跡し、それらの行動(水温や光に対する反応等)を解析中であるとのことです。

以上がアメリカ東海岸でお会いしたシャークマンについての紹介です。最後に短いアメリカ滞在中に親切にして頂いた多くの人々に対して、また、私の親友である Daniel J. Sheehy さんと奥さんの Susan Vic さんに対して心より感謝する次第です。住んでいる Maryland 州の Columbia から Massachusetts 州の Woods Hole まで、往復千五十マイルもの距離を心安く車を運転して、私を案内して頂いた Daniel Sheehy 博士の友情に対して心より感謝致します。

この文章は、昭和五十五(一九八〇)年七~十月にかけて南米で実施された〝淡水ザメの適応および系統進化に関する研究〟(調査責任者東京大学水江一弘教授)に参加する際に、南米への往復の途中で訪れた北米における滞在記録です。本文章は、板鰓類研究連絡会報(水江一弘会長)第十一報、昭和五十六(一九八一)年三月二十日付けに掲載されています。ここに付記します。

水産庁遠洋水産研究所

昭和五十六（一九八一）年八月に水産大学校から清水市にあります水産庁遠洋水産研究所（現・国立研究開発法人水産研究・教育機構国際水産資源研究所・静岡市）へ異動となりました。底魚海獣《そこうおかいじゅう》資源部北洋底魚資源研究室での勤務でした。当時の部には、鯨類資源研究室、オットセイ資源研究室、北洋底魚資源研究室と遠洋トロール資源研究室の四つの研究室がありました。底魚（北洋底魚と遠洋トロール）と海獣（クジラとオットセイで海のけもの）とで、部の名前は底魚海獣資源部となっているわけです。

ここでの仕事は、ベーリング海、アリューシャン列島水域およびアラスカ湾に棲息している底魚類の資源評価でした。資源評価は、日米共同底曳網調査によって得られた漁獲資料を日米の研究者がそれぞれ解析して、資源量や漁獲可能量などを推定することによって行われていました。資源評価結果は、毎年シアトルで開催される日米漁業委員会で、さらに論議されました。論議された事項は、米国水域の我が国への漁獲可能量を決定する際の米国側の基礎資料として活用されました。

我が国の底魚資源調査は、水産庁が東北地方の漁業会社から北洋転換船を用船し、毎年およそ五ヶ月間、二航海に分けて七～九月、九～十一月まで、ベーリング海、アリューシャン列島水域およびアラスカの三海域で順番に実施されました。この調査には、北洋底魚資源研究室の五人の研究員のうち、三人が輪番制で参加していました。最初の航海に乗船する調査員は、東北地方から北転船で出航し、調査終了後、アリューシャン列島のダッチ・ハーバーで、次の調査員と交代します。後続の調査員は、ダッチ・ハーバーまで飛行機で出かけます。

北洋転換船とは三百五十トン程度の二層甲板を備えた漁船で、北緯四十八度以北、東経百五十三度以東、西経百七十度以西のオホーツク海およびベーリング海を含む北太平洋海域での操業を指定された遠洋底引網漁船のことです。二百カイリ水域による規制強化により、漁場が縮小されたため、昭和三十五（一九六〇）年の「北方海域への中型沖合機船底曳網漁業転換要綱」に基づいて、北海道や東北地方の沖合いから漁場を転換させられたことから、北洋転換船の名称で呼ばれています。大時化の海でも、相手の船からは見え隠れしながらも航行することから、米国沿岸警備隊から〝潜水艦〟との異名で呼ばれています。

米国側は政府の調査船であるミラー・フリーマンやチャプマンを当該海域へ派遣していました。随分昔のこと故はっきりとは思い出せませんが、ミラー・フリーマンが千五百トン、チャプマンが五百トン程度であったと思いますが、これら二隻の調査船は既に退役となっているはずです。これらの船は漁撈《ぎょろう》設備であるトロール漁具を備えていました。

NOAA（National Oceanic and Atmospheric Administration）、米国海洋大気庁に属する調査船ミラー・フリーマンやチャプマンの甲板士官は、アメリカ海軍と同じ階級章で乗船しており、有事の際には、海軍に召集されるとのことです。

調査に際しては、米国調査船が大陸棚上でトロール操業を行います。日本調査船（北転船）は、陸棚斜面の二百～千メートル水域であらかじめ設定された四百定点で、一日四回（一回一時間）のトロール操業を実施しました。水深千メートル付近でのトロール操業は、曳網時間一時間に加え、投揚網には何時間もの長い時間を要しました。このため、深い水域での調査中は休息をとることができるので、乗組員にとっては歓迎されました。しかし、船橋での漁労長や船長にとっては、深海でのトロール操業中、いつ根掛かりなどの事故が発生するかもしれず、一時も気の抜けない長い時間となりました。

用船した北転船は水産庁の庁旗を掲げ、船体にはJapan Researchと明記されています。漁獲されたすべての魚種について漁獲重量を測定します。これらを日本の調査員が記録し、整理をします。この測定結果を、日本側調査船に同乗している米国調査員が一操業ごとに、データロガーに入力します。このため、一航海ごとに、米国調査員一人が日本の北転船に乗船してきます。

ある時、身長が一メートル九十センチメートルを超える横幅もある大男が、ダッチ・ハーバーから米国調査員として北転船に乗船してきました。困ったことにベッドのサイズが合いません。船長がさんざん考えた末に、ベッドの足側にある小物入れの扉と棚を壊して、ベッドを延長することができました。船長のすばやい判断のお陰で、長身の大男も身体を休める場所ができ、一件落着となりました。

私たちと共同で調査を実施する米国側調査員は、NOAA, NMFS（National Marine Fisheries Service）米国海洋大気庁海洋漁業局のAlaska Fisheries Science Centerに属しています。NMFSは米国東西南北の海岸地域に設置されている研究施設を有しており、AFSCはシアトルにある美しい湖Lake Washington沿いに建てられています。研究員の居室には、でっかい窓があり、外側から内部は見えないようになっていました。Lake Washingtonを見渡せる窓側には、どの居室にも、なぜか双眼鏡が置いてありました。

北洋底魚資源研究室の研究員は室長を含め五人です。ベーリング海、アリューシャン列島水域及びアラスカ湾の底魚の資源解析・評価などに関して、すべての事項を五人で担当していました。

一方、米国側は三海域ごとに担当する専門家が何十人とおり、当方から見ると羨ましい限りでした。例えば、年齢査定に関しても、当方では五人が（例えば、スケトウダラの）鱗の輪読をしていましたが、米国では複数の輪読だけの専門家が年齢査定を行っていました。さらに、資源評価に関しては、複雑な数式を自在に操って資源量推定値や漁獲可能量を割り出すための、何人もの統計学者がそれぞれの海域に属していました。

そのうち、資金と研究能力を内に抱える米国は、独自で三海域の調査を行う実力を備えてきました。その結果、やがて、北洋底魚資源研究室はその任務を終えることとなりました。

北東太平洋において

遠洋水産研究所時代に北転船を用船しベーリング海で調査をしていた時の話です。昭和五十七（一九八二）年十一月四日、二十一時三十五分（グリニッジ標準時）、北緯五十四度二十一・八分、西経百六十六度十三・八分のアリューシャン列島ウナラスカ島北北東約五十八キロメートルの水域で、北転船第八龍神丸は底曳網を曳網後甲板に揚網しました。乗組員の一人がトロール網のコッドエンドを開き漁獲物を取り出したところ、魚とともに小型（といってもかなり大きい）のシャチが私を含む乗組員の目の前に飛び込んで来ました。

当時の調査水域の海面水温は五・九℃、海況はビューフォート階級四でした。小さな白波が立つ程度で、けして時化てはいませんでした。揚網中に北転船の周囲には、十五～二十頭のシャチが群がっていました。トロール・ワープを巻き始め、揚網を開始すると、トロールウインチの回る「ウイ～ン、ウイ～ン」と、かなり大きな音に反応して（と思う）、直ちにシャチの群れが、舷側に寄って来るのを常としていました。船内では漁獲物を測定した後の不要となった残渣《ざんさ》物を、ベルトコンベヤで運び、舷側にあるダストシュートから船外に投棄していました（投棄物は魚体のみで、海洋汚染にはならない）。この一連の行為を既に熟知しており、舷側で口を開けたシャチの群れが、投棄物がダストシュートから口内へ飛び込んで来るのを待っているのでした。揚網が開始されると、必ずシャチの群れが舷側に集まって来ました。

ところが、なぜか不思議なことが起こりました。十一月四日の揚網時に小型のシャチが網の中に迷い込んだのでした。第八龍神丸の船頭である星《ほし》孝《たかし》さんによると、何十年とこの商売をやってきたが、シャチが入網したのは初めてのことだと、話していました。

この小型のシャチの入網で、北洋水域におけるシャチの生態の一部を伺い知ることができました。調査後、水産研究所へ帰って、底魚海獣資源部の部長である大隅清治さんに、船上で撮影したシャチの写真を見て頂きました。大隅さんは世界的なクジラの生態の専門家です。写真を見ると開口一番、「これは素晴らしい」と、おっしゃいました。

「何が素晴らしいのですか」

「この個体は臍《へそ》の緒《お》を持っている、ということは生まれてそれほど経っていない個体だ」

さっそく、写真に写っている船の部分から、シャチの大きさを推定しました。写真のシャチは雄で、体長は二・四メートルと推定されました。臍の緒の長さは八センチメートルでした。二・四メートルの大きさは今まで報告されたシャチの出産時の大きさと一致していました。また、出産時期と水域を、十一月でベーリング海と特定することもできました。

サメ類の場合、子宮中における最大胎児と自由に泳いでいる最小個体の大きさから、出産時の大きさを推定していますが、今回のシャチの場合、直接的な証拠である臍帯の存在から、出産時の大きさが決定された例でした。

底魚調査中にたまたま入網したシャチについては、〝トロール網により生きて捕えられたシャチの新生児（英文）〟、として哺乳動物学雑誌（一九八三）に大隅清治さんとの共著として収録されています。

たまたま写真を撮っていたことが論文へと形を変えたことから、何事にも慎重に対処する必要があることを肝に銘じました。また、当時、研究所内に底魚海獣資源部があり、クジラの専門家がおられたのも幸いしました。

水産庁西海区水産研究所下関支所

平成元（一九八九）年四月、西海《せいかい》区水産研究所（現・国立研究開発法人水産研究・教育機構西海区水産研究所）下関支所浮魚《うきうお》資源研究室へ異動となりました。

下関支所は本州最西端の下関市東大和町にあり、僅かに西に進むと彦島に直面します。支所の正面に向かって右側に下関労働基準監督署、背中側に日本通運（株）下関支店があります。

東シナ海での漁業活動の発展に伴い、昭和二十四（一九四九）年に西海区水産研究所下関試験地が設立されました。昭和四十一（一九六六）年西海区水産研究所下関支所へ改称。その後、浮魚と底魚の二研究室体制を維持し、山口県を中心として水産業の繁栄に寄与してきた下関支所は、時代と共に変遷して、平成八（一九九六）年にその役割を終えました。

現在、支所のあった場所は更地となり、日本通運の大型トラック数台が鎮座していました。

私が異動となった浮魚資源研究室の主要な仕事は、東シナ海に棲息するサバ類の漁況予測でした。毎日、九州各地の魚市場からファクシミリで送られて来るその日のサバの漁獲情報を整理します。最初、漁獲情報の扱い方が分からず、極めて困惑したというのが実情でした。正直に申しまして、漁況予測は、私にとっては初めての仕事だったからです。そのうちに、何とか漁獲情報の処理の仕方を勉強し、安堵したといった感じでした。

その当時、対馬暖流系マアジ・さば類・いわし類長期漁海況予報会議は、山口県と九州各県で輪番制に年二回開催されていました。この会議において、西海区水産研究所資源部、下関支所、前述各県の水産試験場の研究者が持ち寄った漁業情報を論議・検討してマサバの来遊量、漁期・漁場・魚体を予測し、その結果をプレスリリースしました。

国立研究開発法人水産研究・教育機構となった現在では、本部が中心となりプレスリリースを行っています。興味のある方は、国立研究開発法人水産研究・教育機構のホームページを検索して、漁況予測の実際をご覧下さい。

下関支所時代には、水産大学校在籍中に通った魚市場のすぐ近くに勤務場所があったにもかかわらず、残念なことにサメに接する機会を持つことは叶いませんでした。

水産庁西海区水産研究所石垣支所

平成六（一九九四）年八月に新たに設立された西海区水産研究所石垣支所（現・亜熱帯研究センター）に移りました。下関では、朝夕にはまだ肌寒く感じる頃、着任数ヶ月前に石垣を訪れました。日の出前に石垣のホテルの近くを散歩しました。太陽がある程度の高さになると、途端にギラギラと照らし出し、灼熱の如き感じを全身に受けたのを覚えています。このような暑いところで暮らしていけるのだろうかと、一瞬戸惑いました。

島の主要部はおおむね五角形で、その北東端から北東方向に細長く野底半島と平久保半島が突き出ています。支所は野底半島の付け根あたりに建設される予定となっていました。当時、庁舎はプレハブ造りで、内部に三部屋があるのみで、未だに研究所の体をなしていませんでした。町の中心部にある石垣市役所から支所まで十八キロメートル、車で約二十七分の距離です。私たちが住んでいた島の南端中央部の登野城の公務員宿舎からも、ほとんど同じ距離にありました。

ある時、宿舎付近の木の枝に黒い物体がふわりと降りて来ました。何だろうとよく見ると、何と大型のコウモリ、ヤエヤマオオコウモリでした。翼を広げると六十センチメートル以上の大きさで、草食性でフルーツバットとも呼ばれています。

かつて、インドネシアのジャカルタ郊外で二人の子供が一メートルを超える（と思った）黒い物体を引っ張って歩いていました。よく見ると、それはコウモリでした。ヤエヤマオオコウモリを見た時、インドネシアでのことを想い出し、石垣はやっぱり亜熱帯であると実感しました。町から少し離れた田舎道を走っていると、シロハラクイナやヤエヤマセマルハコガメに遭遇します。

時には、全長がおよそ三十センチメートル程度で、額から顔や腹にかけて白色で、頭部から体の上面がやや黒っぽいシロハラクイナが、道路をチョコチョコと横切っている場面に遭遇します。車を運転していて、衝突したのではないかと肝を冷やしました。

ヤエヤマセマルハコガメは、その名のとおり、危険物に遭遇すると頭や足をすべて硬い甲羅に引っ込めて、まるで背中が丸い箱のような物体となります。

夜中、トウビラ（ゴキブリ）が家の中だろうが道路上だろうが、うようよと自由に動き回っていて、これほど無数のゴキブリを一度に見たのには驚きました。

支所から夜中の帰り道、周りは真っ暗で、対向車や前後に走行する車がいない場合、自分の車の明かりのみが頼りです。その明かりはまっすぐ前を照らすのみで、曲がりくねった道では、明かりの効果は乏しく、一瞬どこを走っているのかが分からなくなることがありました。

石垣支所の開設は、地元の新聞にトピックスとして取り上げられました。時代を担う新しい研究所が桴海大田に開所したと、報じられ、石垣中に広く知れ渡りました。石垣支所では、当時研究室の開設は一つのみで、唯一の研究室である亜熱帯生態系研究室に籍を置きました。研究室は立派な名前を与えられていましたが、全く空虚の状態でした。その当時、支所で勤務する職員は、支所長、庶務の事務員、それに私の三名でした。

しばらくすると、市役所水産課や漁業協同組合の方々と交流を持つようになりました。石垣島では、漁業協同組合の一本釣り研究会が中心となり、漁業の妨げとなる（目的とする魚が針にかからずサメがかかるので）サメ類を駆除する目的で、サメ狩りを毎年夏季に二日間程度行っていました。実際見ました。イタチザメを中心に二〜三メートルを超す大型のサメ類が、何十尾も市場に水揚げされていました。これでサメ類の生態研究ができるとあれこれ思い描き喜んでいたのも束の間、平成八（一九九六）年四月、宮城県塩釜市にあります東北区水産研究所へ異動となりました。

石垣滞在はわずか二年にもなりませんでしたが、次の事項に遭遇しました。平成六（一九九四）年十月に石垣島周辺の浅海域から、全長二百七十二と二百八十センチメートルの雌のオオテンジクザメが漁獲されました。これらについては第二背鰭を欠くオオテンジクザメおよびその子供で後述します。

第二背鰭を欠くオオテンジクザメ

西海区水産研究所石垣支所に勤務していた時の出来事です。平成六（一九九四）年十月五日午前十時頃、石垣市役所水産課から大型のサメが二尾漁獲されたと連絡がありました。

さっそく、巻尺、包丁、カメラなどの測定用具一式を持って魚市場に急行しました。そこには、全長二百八十と二百七十二センチメートルの二個体の雌のオオテンジクザメが横たわっていました。これら二個体のサメは、竹富島南東五百メートルの水深四～五メートルの浅海域において、籠網漁の漁師によって漁獲されました。

二個体のうち、全長二百七十二センチメートルの雌の総排泄腔から胎児の頭部が露出していました。個体の外部測定を済ませ、写真を撮りました。はやる気持ちで雌の総排泄腔から胎児の頭部が見えている個体の腹部を切り開き、さらに胎児がいる左子宮を切開しました。腹部のでっかい胎児が目に入りました。

腹部が異常に肥大した胎児にも驚きましたが、もう一つの驚きには、注視させられました。二百七十二センチメートルの雌のオオテンジクザメを眺めていると、隣の二百八十センチメートルの個体とはどこかが違っていました。よくよく観察しました。二百七十二センチメートルの個体には第一背鰭のみで、第二背鰭がありませんでした。最初、これはオオテンジクザメではな

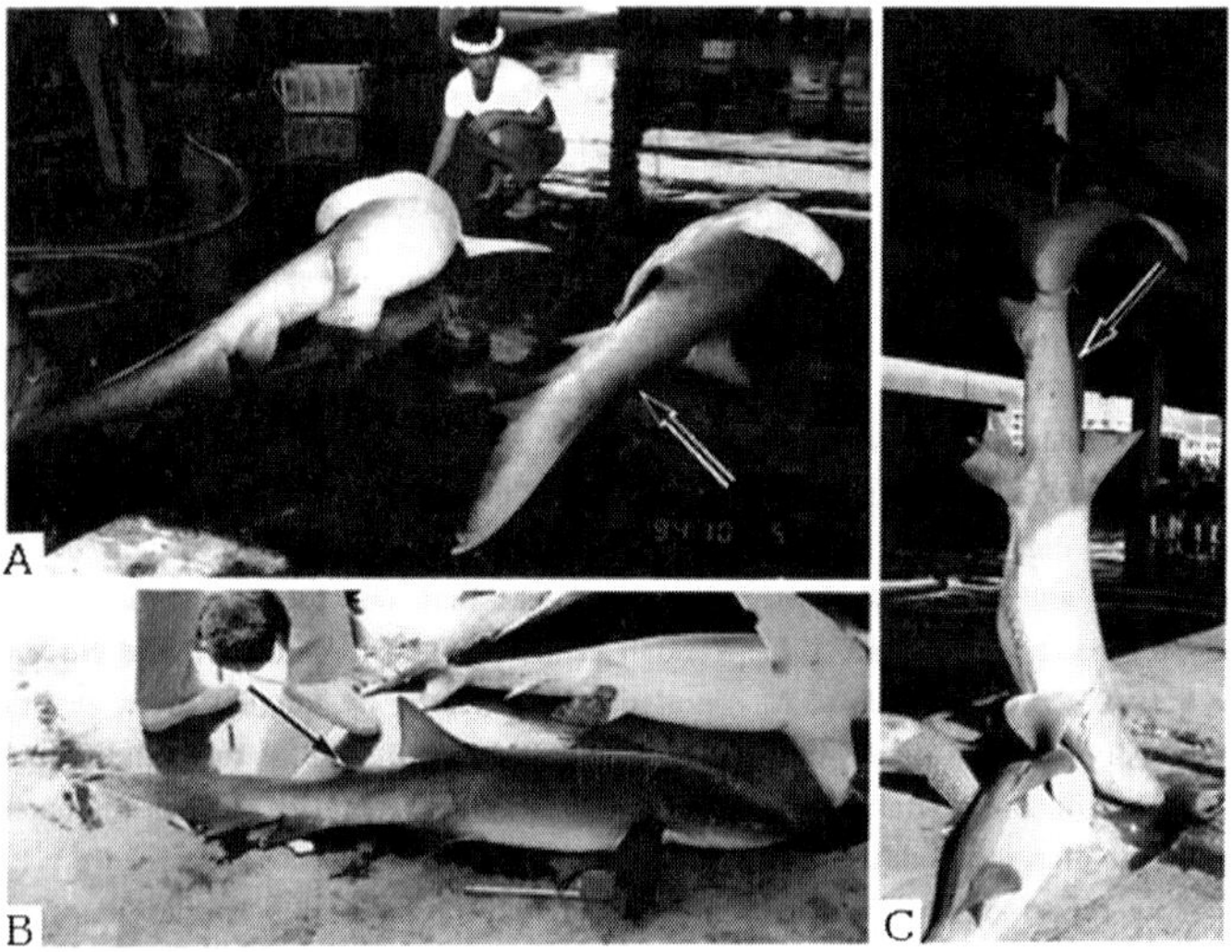

図 15

A：1994 年 10 月 5 日捕獲された雌のオオテンジクザメ。左：全長 280cm。右：全長 272cm。第 2 背鰭がない（矢印の指し示す部位）。B：1994 年 11 月 5 日に捕獲された雌のオオテンジクザメ。全長 177cm。第 2 背鰭がない。矢印先端部。C： 1994 年 11 月 5 日に捕獲された雄のオオテンジクザメ。全長 276cm。第 2 背鰭がない。矢印先端部（Teshima et.. al., 1995）

く、別の種ではないのかと思ったほどでした（図十五）。

最初の第二脊鰭を欠くオオテンジクザメは、昭和三十一（一九五六）年に中華民国基隆魚市場で採集されました。この個体は、臺灣省水産試験場の鄧 火土博士により調査され、昭和三十三年に臺灣産板鰓魚類之研究　第一報　臺灣産未記録鮫類十八種として、同水産試験場報告で発表されました。オオテンジクザメを示すページには、本来第二背鰭のある個所は点線で描かれ、図の下側に**無第二背鰭（可能畸形）**と書かれています。第二背鰭に関する記述はこの一行のみです。

なお、鄧さんは、昭和三十年代の初めに、京都大学農学部で、臺灣産板鰓類の分類学的研究で農学博士の学位を授与されています。

私は、長崎大学水産学部練習船長崎丸が基隆に寄港した折（昭和四十五か四十六（一九七〇、一九七一）年）に大学院修士課程の学生で乗船しており、臺灣省水産試験場で鄧博士にお会いすることができました。私もサメの仕事に興味を持った時期で、同じ分野の大先輩にお会いできたことを光栄に思っています。何を話したかについては全く思い出せません。ただ、近所で遊んでいた子供に、博士が〝什么（Shénme、何？）〟と尋ねておられたことのみ覚えています。

二番目の第二背鰭を欠くオオテンジクザメとしては、琉球大学の吉野哲夫博士らが、石垣島で昭和五十四（一九七九）年に採集した全長百六センチメートルの雌の個体です。この個体は、沖縄海洋博記念水族館で飼育されており、平成六（一九九四）年十二月現在で、二百六十五センチメートルまで成長しています。

その後、平成八（一九九六）年まで、十一個体の第二脊鰭を欠くオオテンジクザメが、主として沖縄県八重山水域で発見されています（図十五）。

昭和五十六（一九八一）年と昭和六十一（一九八六）年には、石垣島から直線距離でおよそ千五百キロメートル離れた和歌山沿岸域で、全長二百八十二と二百九十センチメートルの第二背鰭を欠くオオテンジクザメ（ともに雄）が、それぞれ発見されています。おそらく黒潮の流れに乗ってそこまで運ばれたと推定されます。

比較的頻繁に出現していることから、それほど珍しい現象ではないと思われますが、なぜ、第二脊鰭を欠く個体が出現するのか、その原因は依然として不明のままです。

ここで、重要なことを忘れていました。第二背鰭を欠いた二百七十二センチメートルの雌から見つかった五十九・五センチメートルの胎児は、ちゃんと第一背鰭と第二背鰭の二つの背鰭を持った通常の形態をしていました。

オオテンジクザメの子供

前項で述べた二個体のうち、全長二百七十二センチメートルの雌の総排泄腔から胎児の頭部の一部が露出していました。胎児がいる左子宮を切開すると、腹部が異常に膨大した胎児が目に入りました。

「何だ、このでっかい腹は……」

と、驚きの声を発しました。

今まで、このように腹部がボールのように膨れた胎児を見たことはありませんでした。全長五十九・五センチメートルの胎児です（図十六A）。

研究室に持ち帰り、膨満した胎児の腹部を切り開きました。黄色い物質がぎっしりと詰まっています。胃壁は極めて薄く、腹腔に密着していました（図十六B）。

さっそく、文献を調べました。ネズミザメ目のサメ類に、Oophagyと呼ばれる生殖様式があります。この言葉はギリシャ語を原語として、〝egg eating〟、〝卵食〟を意味します。つまり、子宮内で胎児は自分の持っている卵黄嚢内の卵黄を吸収し尽くすと、次に母体の卵巣から連続的に排卵される卵を食べて成長します。この様式をOophagy（卵食）といいます。

全長二百七十二センチメートルのオオテンジクザメ雌に関して、右卵巣には二十〜二十三ミリ

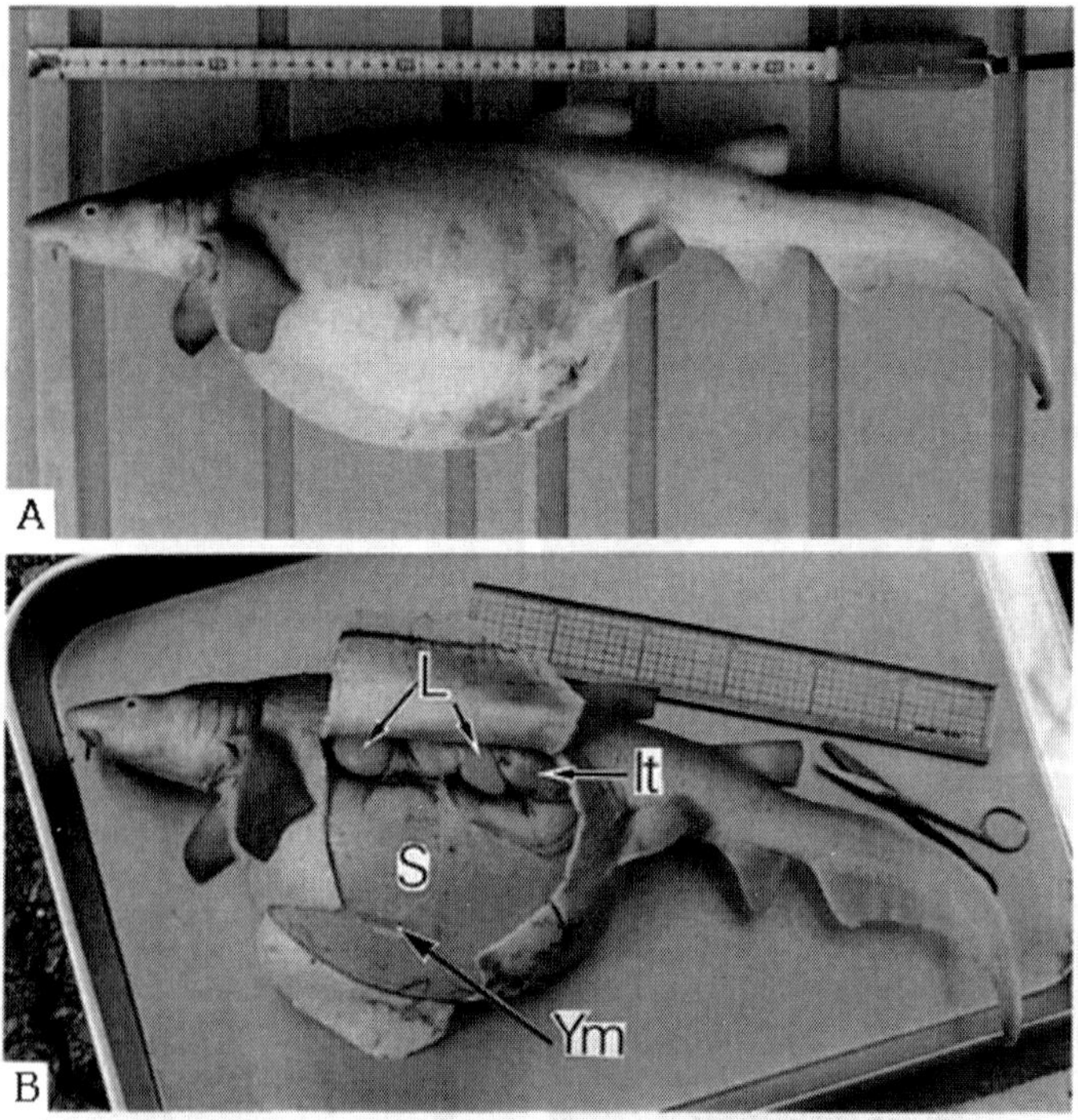

図 16
A：全長272cmの雌のオオテンジクザメの左子宮から見つかった腹部がボールのように肥大した胎児。全長：59.5cm
B：切り開いた腹部。胃壁は極めて薄く、内側に充満した卵黄物質が透けて見える。It：腸。L：肝臓。S：胃。Ym：卵黄物質 (Teshima, et. al., 1995)

メートルの多数の成熟卵と、さまざまな大きさの排卵後濾胞（排卵痕）があったこと、左右の卵殻腺と子宮内にそれぞれ一個の成熟卵を含む一個の（卵生種の卵殻よりも透明で薄い）卵殻があったことなどから、この個体は捕獲時には盛んに排卵をしていたことが容易に推定されました。胎児の胃の膨満は、母体の卵巣から連続して排卵される卵を胎児が食べて、それを蓄積した結果であることが示唆されます。このことから、オオテンジクザメの生殖様式は Oophagy であることが分かりました。

この様式に属するサメ類としては、メジロザメ目、チヒロザメ科の二種、ネズミザメ目の十種があり、それに今回発見したテンジクザメ目、コモリザメ科、オオテンジクザメ属のオオテンジクザメを新たに加えて十三種が列記されることになりました（表二）。ここに、オオテンジクザメは、卵食様式の一員として華々しく（か、どうかは不明ですが）デビューしました。

全長五十九・五センチメートルのオオテンジクザメ胎児の胃は、卵黄物質でボール球のように膨大しており（図十六）、出産に至るまでには、胃に蓄積した卵黄物質をある程度吸収する必要があると考えられます。このため、出産時の大きさは、全長で六十センチメートル以上と想定されます。

Compagno は、フィリピン、マニラのナヴォタス（Navotas）の市場で、七十九センチメートルの雌のオオテンジクザメを採集しています（捕獲日時は不明）。この個体は、腹部が未だに膨満していたことから（残念ながらこの個体については、文章の表現のみで、写真の掲載がありま

表2．卵食性のサメ類

Order Orectolobiformes – Carpetsharks (テンジクザメ目)
Family Ginglymostomatidae – Nurse sharks (コモリザメ科)
Genus *Nebrius* (オオテンジクザメ属)
***N. ferrugineus* – Tawny nurse shark (オオテンジクザメ)**

Order Lamniformes – Mackerel sharks (ネズミザメ目)
Family Odontaspididae – Sandtiger sharks (オオワニザメ科)
Genus *Carcharias* (シロワニ属)
***C. taurus* – Sandtiger shark (シロワニ)**
Genus *Odontaspis*
***O. ferox* – Smalltooth sandtiger**
Family Pseudocarchariidae – Crocodile sharks (ミズワニ科)
Genus *Pseudocarcharias* (ミズワニ属)
***P. kamoharai* – Crocodile shark (ミズワニ)**
Family Megachasmidae – Megamouth shark
Genus *Megachasma* – Megamouth shark
M. pelagios* – Megamouth shark (メガマウスザメ)
Family Alopiidae – Thresher sharks (オナガザメ科)
Genus *Alopias* (オナガザメ属)
***A. pelagicus* – Pelagic thresher (ニタリ)**
A. supercilious – Bigeye thresher (ハチワレ)
***A. vulpinus* – Thresher shark (マオナガ)**
Family Cetorhinidae – Basking shark (ウバザメ科)
Genus *Cetorhinus* (ウバザメ属)
C. maximus* – Basking shark (ウバザメ)
Family Lamnidae – Mackerel sharks (ネズミザメ科)
Genus *Carcharodon* (ホホジロザメ属)
***C. carcharias* – Great white shark (ホホジロザメ)**
Genus *Isurus* (アオザメ属)
***I. oxyrinchus* – Shortfin mako (アオザメ)**
I. paucus – Longfin mako (バケアオザメ)
Genus *Lamuna* (ネズミザメ科)
L. ditropis – Salmon shark (ネズミザメ)
***L. nasus* – Porbeagle shark (ニシネズミザメ)**

Order Carcharhiniformes – (メジロザメ目)
Family Pseudotriakidae – (チヒロザメ科)
Genus *Gollum*
G. attenuatus
Genus *Pseudotriakis*
***P. microdon* (チヒロザメ)**

※太字が卵食性のサメ類、全13種。*確定されていない種も含む
（この表は、発表されている文献を基に、手島が作成）

せん）、Compagno は七十九センチメートルの個体を出産直前か出産直後であると推定しました。フィリピン産と石垣産について、地理的に個体間の変異がないものとすると、オオテンジクザメの出産時の大きさは、全長で八十センチメートル前後であると推定されます。これから推定すると、石垣産のオオテンジクザメ胎児は、少なくともあと二十センチメートルは子宮中で成長する必要があります。

それにしても、たまたま解剖して得られた胎児から、オオテンジクザメが新たに、Oophagy の仲間としてデビューしたことを嬉しく感じています。

ここに登場した Compagno さんは昭和五十四（一九七九）年に、メジロザメ科のサメ類の形態、分類及び生態で、九百三十二頁に及ぶ膨大な博士論文を Stanford 大学で仕上げた、世界的なサメの研究者であり、多くの著書があります。特に、FAO から出版したサメ分類に関する大著は、世界の研究者にとって、同定の際に不可欠な道具として活用されています。

これらの本は一四七頁に記載されています。

水産庁東北区水産研究所

東北区水産研究所には、平成十八（二〇〇六）年三月まで在籍しました。このうち、二年と六ヶ月は、資源管理部浮魚第一研究室でサンマの漁況予測を担当しました。この頃、脳出血を発症し、一ヶ月半の入院となりました。

ある日曜日、アメリカの友人の Dr. Daniel Sheehy へ英作文を見てもらうための手紙を書こうと思い研究室へ行きました。さて、普通なら難なく文書が出てくるはずなのですが、この日に限ってなぜだか、パソコンに英語が一字も打ち込めません。そのうち、頭が重たくなり、何が何だか分からなくなり、家にどのようにして帰ったのかも思い出せない状況でした。

さっそく、次の日近くにあります総合病院へ行きました。受付で何をしたのか、何をいったのかも思い出せません。とにかく、CT検査を受けたのは覚えています。その結果、即入院となりました。脳にわずかながら出血が認められました。その時、研究室の仕事の件、即ち漁況予測会議が目前に迫っていましたが、このこともなぜだか気になりませんでした。というよりは、思考が止まっていました。一ヶ月半程度入院をしました。退院後、しばらくは難しい事項を、脳が受け入れてくれませんでした。

思い切って頭を柔らかくするために、今までの研究生活を文章に認め、自費出版しました。題目は『サメへの道』です。反響に関しては不明ですが、これによって脳が多少活性化したのは事実でした。

残りの七年六ヶ月の間、企画連絡室に在籍しました。企画連絡室へ移ってからは、研究所の業務にほとんどの時間をとられました。論文らしきものとしては、次の一編のみでした。

平成四（一九九二）年三月に松山沖の瀬戸内海でタイラギ漁の漁師が、ホホジロザメに襲われたニュースが世間を驚かせました。巷の人々は、まさかあのような浅い水域に、ホホジロザメのような獰猛なサメが、入り込んで来るはずがないと、思ったことでしょう。

この件に関しまして、瀬戸内海漁業調整事務所から入手しました平成四～十年までの情報を分析し、十三種のサメ類が瀬戸内海に出現しているか、あるいは、棲息していることが分かりました。このうち、ホホジロザメは、瀬戸内海を回遊経路の一部として利用していることが推定されました。これらをまとめ、「一九九二年から一九九八年に瀬戸内海で目撃・捕獲されたサメ類（英文）」として平成十三（二〇〇一）年に東北区水産研究所研究報告に掲載しました。

平成四（一九九二）年から平成十（一九九八）年まで、瀬戸内海漁業調整事務所でまとめた資料から作成した主要なサメ類の目撃数を、図十七に示しています。ホホジロザメに関しましては、目撃数は一～三と極めて少ない数字ですが、瀬戸内海に出現しているのは事実です。

それにしても、五メートルを超える大型のホホジロザメが、瀬戸内海を回遊経路の一部として利用しているとは驚きでした。

ホホジロザメに関しましては、比較的深い海を住みかにしている感じですが、事実は深い水域と同時に波打ち際の極めて浅い場所までを生活の場としています。

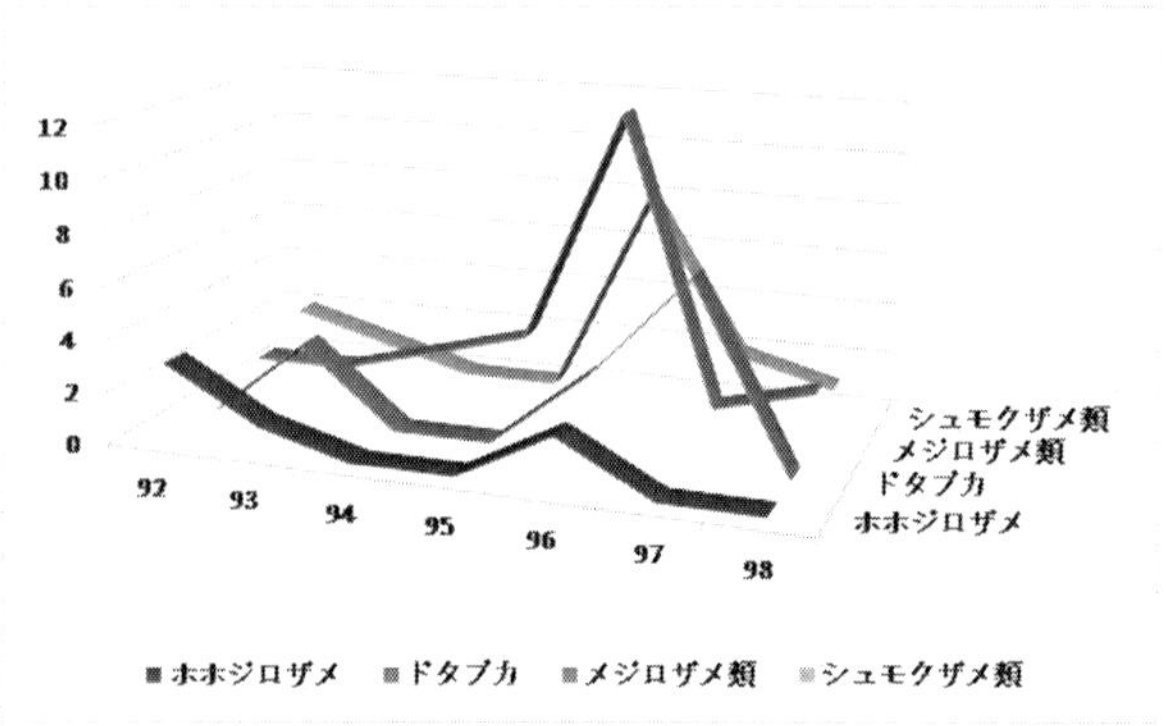

図17　1992～1998年における瀬戸内海で目撃された主なサメ類
（Teshima et. al.,2001）

退職

平成十八（二〇〇六）年四月に独立行政法人（現・国立研究開発法人）国際農林水産業研究センター水産領域（つくば市）に異動となりました。

昭和四十五（一九七〇）年に発足した農林省熱帯農業研究センターは、平成五（一九九三）年に水産関連分野を加えて、農林水産省国際農林水産業研究センターと改称しました。平成十三（二〇〇一）年、独立行政法人国際農林水産業研究センター、平成二十七（二〇一五）年、国立研究開発法人国際農林水産業研究センターとなり現在に至っています。

当時水産領域には部長を含め五、六名の研究員が所属しており、それぞれが東南アジア各国に派遣されていました。私は、マレーシアのペナン島にあるマレーシア水産研究所の研究員と共に、マレー半島西側にあるマタン・マングローブ域において、水生生物の資源量を把握するために、底曳網調査を実施していました。

マレーシアは複合国家として、マレー系、中国系、インド系住民が入り混じって国家を支えています。かつては、中国系とマレー系住民との間で経済・政治的な問題から発生した紛争があったそうですが、今のところ平穏のように見えます。

マレーシアに滞在してすぐに分かることは食事です。至る所にフードコートがありますが、マレー系の人々は、中国系のフードコートに立ち入ることはありません。中国系では豚肉は、通常お茶を飲む如く、日常茶飯事的に食用とされています。これがまずマレー系人々にとってはいけません。豚肉は、酒と同様不浄の物とされています。

現在、世界の全人口の七十七億人のうち、四人に一人がムスリムとされています。この数はさらに増加傾向にあるとされています。

国際農林水産業研究センターでの二年近い勤務を終えて、私の故郷の山口県に隣接しているという配慮によって、広島県にある瀬戸内海区水産研究所（廿日市市）に在籍しました。短期間在籍した後、平成二十（二〇〇八）年三月に定年退職となりました。ここでの仕事（仕事とはいえない）は残務整理的な業務でした。

昭和四十七（一九七二）年四月に水産大学校に助手として採用されてから、定年退職まで三十六年間にわたり研究者として過ごしました。振り返りますと、水産研究所にとっては良い研究者であったとはいえないと感じています。なぜなら、水産研究所の業務でないサメの研究にかなりの時間を割いていたからです。

水産大学校に職を得た時、きっぱりとサメを諦め、新しい仕事に専念していたらと思った時もありました。しかしながら、サメの仕事は副次的ながら私に活力を提供してくれました。すなわち、副次的な業が本業に対して活力を与えてくれたと信じています。

論文数から判断すると、水産研究所本来の論文は十編前後で、上中下の下の下といったところでしょうか。

既に今は亡き恩師の水江一弘先生からは、どのようなお言葉を賜るでしょうか。

「きみ、私が五十年前にいったように、サメの仕事をして良かっただろう、どうだ」

「しかし、水産研究所ではサメの研究は論外ですから」

「そうか、では、サメをしてなかったらどうか」

「それは考えられません」

「だろう、サメで良かったんだ」

「はい、先生のおっしゃられたとおりです」

「しかし、きみ、手島くん、きみのやった仕事を評価すれば、ホシザメとシロザメの例のあれだよ、あれだけだよ、良かったのは」

「あ、そうですか」

「良いと思える論文なんて、そうそう書けるものではないからね」

「あ、そうですか、分かりました」

そうすると、やっぱり私の研究所での評価は下の範疇か……。

先生のお言葉が聞こえたように感じました。

恩師・水江一弘先生

恩師である水江一弘先生に最初にお会いしたのは、水産大学校を卒業した昭和四十五（一九七〇）年三月でした。長崎大学大学院水産学研究科修士課程に入学するために、水産学部事務室で手続きを終えて、先生の研究室に挨拶に行きました。

五十歳を僅かに過ぎた感じの温厚そうな丸顔で、眼鏡をしておられ、頭ははげておられました。先生は三階建ての水産学部棟の屋上に私を案内して、そこから見える三百六十度の景色について説明されました。その時、

「きみは室員になったんだからね」

と、いわれました。私のような若輩者の若造にとっては、とても有難いお言葉でした。

私の下宿と先生の御自宅が同じ方向であった関係から、帰路の途中で一緒に歩きながら、研究の方向性などについてのお話を賜ったものでした。

どのようなお話を賜ったかというと、〝星ふる夜にホシはなし〟の項目のサメの研究の話に続きます。

先生は、戦前に旧制山口高等学校を卒業され、東京大学農学部水産学科に進学されました。卒業論文として水生生物が発光する光について研究されたそうです。その淡い光を鉄兜の後方に目

印として付けて、夜間に行軍する際に、その光を目印として列が乱れないように、しかも敵に発見されないための方法などを研究していたと、話されたことがありました。

大学院ではクジラの生態について研究をされたそうです。研究成果を博士論文として取りまとめるに当たって、当時、審査をしてもらえる大学がなかったそうです。そこで、クジラからやむなく、交尾を行う卵胎生硬骨魚類であるカサゴやアカメバルの生殖に課題を変更されたそうです。

五十年前に私にサメの話をされたのも、今思えば、海の哺乳類であるクジラや硬骨魚類でも交尾を行うカサゴやアカメバルの生殖を研究されていた経験から、魚類でも特異な生殖をしているサメ類の研究を行う発想が生まれたのであろうと想像しています。

私の水産大学校助手の就職についても、極めて強く推挙して頂きました。さらに、水産大学校在職中、二度にわたり文部省の海外学術調査に参加する際にも、水産大学校関係者に納得いく説明をして頂きました。

文部省海外学術調査とは、文部省が研究費を提供して、海外で研究調査を行う制度のことです。私は、二十代後半と三十代前半に二回にわたり、水江先生を調査責任者として組織された淡水産板鰓類の調査に参加しました。主たる目的は、サメ・エイ類は、その起源を淡水とするのか、それとも、海水とするのかを明らかにすることでした。

第一回はフィリピン、マレーシア、インドネシアの、第二回はコロンビア、ブラジル、アルゼンチンの河川において調査は実施されました。研究者は、長崎大学水産学部、東京大学農学部、東京大学海洋研究所、水産大学校、よみうりランド水族館から参加しました。私にとっては、海外で行う初めての研究活動ということもあり、また、それぞれの分野で活躍されている他の大学や研究施設の先生方と一緒に仕事ができるということもあり、これらの海外学術調査は私のその後の研究に大変良い刺激となりました。

なお、二回の海外調査で得られた私関連の成果は次の四編の論文として、それぞれの研究報告に収録されています。

（一）淡水産エイ類の胚は腸管上皮中に卵黄を貯める（英文、水産大学校研究報告、二〇一六）、（二）南米コロンビア、マグダレーナ河水系で採集された淡水エイ *Potamotrygon magdalenae* の生殖（英文、西海区水産研究所研究報告、一九九二）、（三）南米コロンビア、マグダレーナ河で採集された淡水エイ *Potamotrygon magdalenae* の腸管上皮細胞（英文、日本水産学会誌、一九八三）、（四）マレーシア、ペラック河で採集されたテルック・アンソン・シャークの生殖（英文、魚類学雑誌、一九七八）

今でも記憶に残る先生の言葉としては、

「きみ、研究者というのは、朝に星、夕べに星を見ること、一年に最低二編の論文を書くこと、この二つだよ」

研究者を離れた今でも、心に残る先生のお言葉です。

なお、マレーシアのテルック・アンソンには、国際農林水産業研究センターでマレーシアのペ

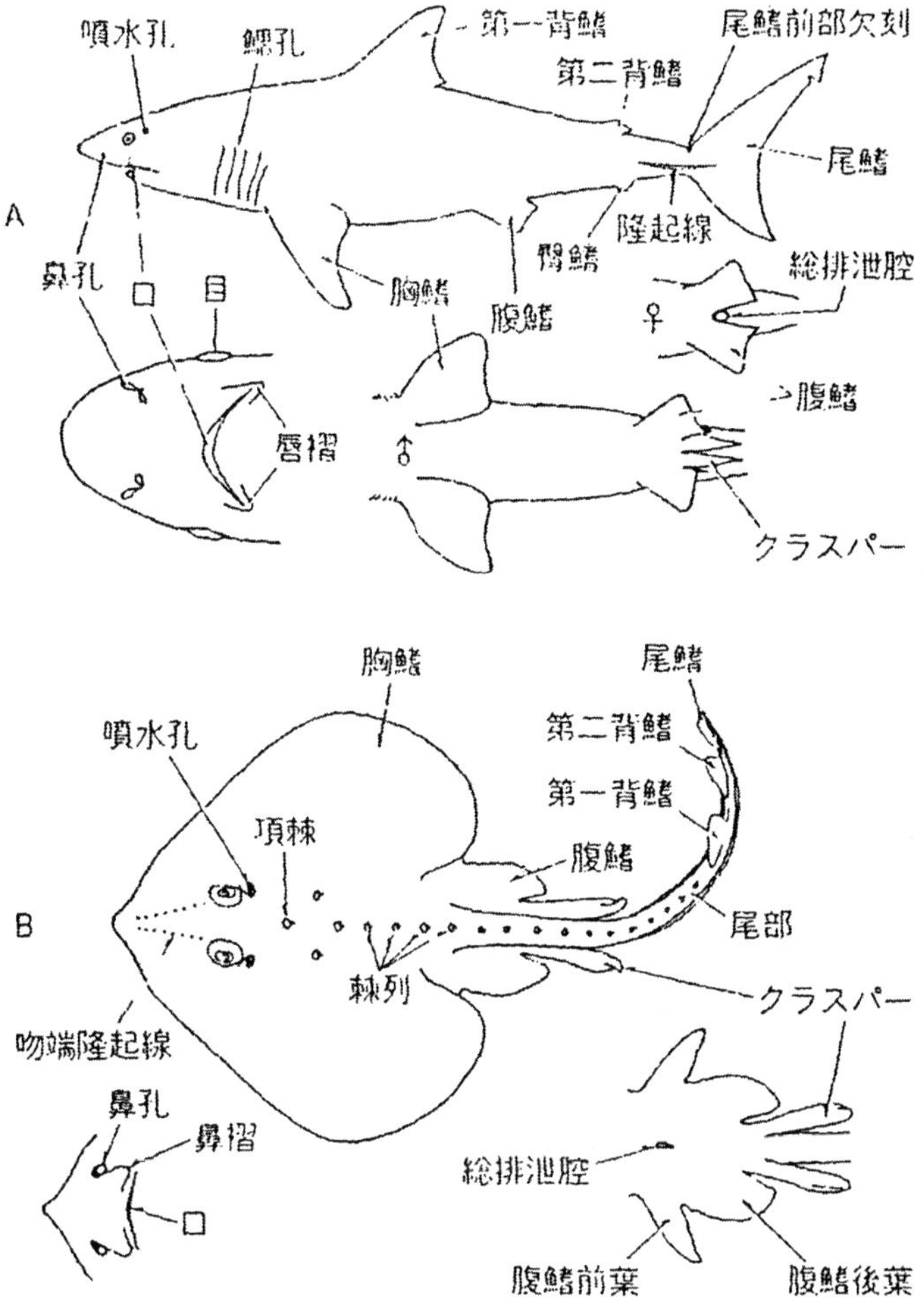

図18　一般的なサメ、エイ類の外部形態、日本語では、サメとエイと表現されるが、英語では、Sharks, skates, and rays と表現される（手島、2007）

ナンに滞在中の平成十九（二〇〇七）年十月に訪れる機会がありました。さっそく町の市場の魚を販売している所へ行きました。懐かしいテルック・アンソン・シャークです。三十一年前の昭和五十一（一九七六）年十二月に訪れて、市場でサメを買い求めた当時を想い出しました。

テルック・アンソン・シャークは、学名を *Scoliodon laticaudus*、和名をトガリアンコウザメといいます。本種は、サメ類の中では、妊娠の初期から胎盤を形成する種で、最も進化しているといわれています。

この町はイギリス陸軍将校の名前にちなんでテルク・アンソンと呼ばれていましたが、今では、テルク・インタンと呼ばれています。町の中心部には八階建ての斜塔があり、つい懐かしくなり、その前で写真を一枚。水江先生と共に淡水ザメの調査をした当時を想い出していました。

最後に重要なことを一つ忘れていました。現在、日本板鰓類研究会として活動している本学会は、当初水江先生のお声がけによって発足致しました。最初の名称は板鰓類研究連絡会でした。連絡会の会誌第一号は昭和五十二（一九七七）年十月十四日に水江先生の手書きによって発行されています。第一号には、板鰓類研究連絡会を設立するまでの経緯などが述べられており、①長続きする気楽な研究連絡会にすること。②奉仕の精神を持った世話人をきめる。③シンポ又は研究連絡会を定期的に持つこと。が明記されており、本会を何とか軌道に乗せて、うまく運営するようにとの、先生の強い意志が伝わってきます。

昭和六十二（一九八七）年一月の二十三号まで、先生の手書きによる会報は、会員に無料で届けられました。先生の奉仕の精神を持った世話人をきめる、という提言に沿った行為に対して頭が下がる思いです。

長府に住んで

（一）

平成二十一年、二十二年の暮れに妻と母親があいついで他界しました。それ以来山口県下松市で一人暮らしとなりました。

平成二十七（二〇一五）年九月十九日、下松市から下関市長府に引っ越してきました。

長男は、下関の工業高校を卒業後、現在従業員が三十名程度の鉄筋工事業の会社を下関で経営しています。二男は、山形市にあります東北芸術工科大学大学院で、平成二十三（二〇一一）年三月に博士（芸術工学）の学位を賜りました。本人は、専門分野である家具のデザイン工学分野を究明すべく、大学教員の職を希望し、奮闘しましたが、意のままになりませんでした。現在、兄が経営している鉄筋関係の会社に、平成二十七年四月から働き始め、それなりに充実しているように見えます。しかし、私と違って専門分野をきっぱりと諦めて、全く異なった仕事を始めるにあたっては、かなりの葛藤があったと思います。それにもかかわらず、本人曰く、

「物事を考える力」

これを大学の十年間（学部四年、修士課程二年および博士課程四年（通常三年です））で学ん

だとのこと。我が子ながらあっぱれな志と敬服しています。

こういう経緯で息子二人が下関に住んでいます。その息子二人が父親の一人暮らしを心配して、下関に住むように説得してきました。

私にとって、下関は馴染みのある土地柄だけに、彼らの要望を快く受け入れました。現在、平成二十七年に長府金屋浜町に購入した小さい家に、二男と住んでいます。

下関には、昭和四十一（一九六六）～四十五（一九七〇）年までと、昭和四十七（一九七二）～五十六（一九八一）年までの、併せて十三年間、最初は水産大学校の学生として、二回目は水産大学校の助手として住んでいました。

学生の頃に市内を走っていた市街電車も、また山陰本線を走っていた蒸気機関車も姿を消していました。吉見も下関の町もすっかり様変わりをしていました。土地の広さは変わっていないと思われるのに、建物の高さと数が圧倒的に増えていました。

私たちが待ち合わせの場所として頻繁に利用した下関駅構内にあった水槽は既になく、スーパーマーケットなどの店が立ち並び、その周辺の百貨店や専門店は、大勢の人々で混雑しています。駅のすぐ隣にあるバスターミナルは整備されており、乗り降りし易くなっています。

（二）

長府の中心部である城下町長府のバス停は、下関駅から東へバスで二十五分、九・一キロメートル（三百九十円）の距離です。そこから西へ向かって徒歩十四分（千メートル）で覚苑《かくおん》寺、南に数回曲がって十二分（九百メートル）で功山寺、南東へ四分（三百五十メートル）で笑山寺です。ここに挙げた三つのお寺は長府毛利家の菩提寺です。

関ヶ原の戦い（慶長五（一六〇〇）年）の後、毛利輝元（元就の孫。元就は山陽・山陰十ヶ国を領有した戦国大名）は、領地の八ヶ国、百十二万石から周防・長門の二ヶ国、二十九万八千石の長州藩に減封されました。この際、輝元は、東の守りとして岩国に吉川広家（元就の二男である吉川元春の三男）を置き、西の守りとして、長門国豊浦郡（現在の山口県下関市）に支藩として長府藩を置き、その藩主に秀元（元就の四男である穂井田元清の二男）を任命しました。以来、長府藩は明治維新まで十数代の藩主の下で、紆余曲折を経て存続しました。

十数人の藩主の墓地は、前に述べたように覚苑寺、功山寺と笑山寺の三つのお寺にあります。このうち、覚苑寺には三人の藩主の墓があります。これらは他の二つのお寺の藩主の参り墓と違い、埋め墓です。

今では一般の住民の墓と混在していますが、お寺の中腹に六代藩主匡広《まさひろ》公の墓所が、その上腹部に三代藩主綱元公そのすぐ下に第十三代藩主元周《もとちか》公の墓所があります。

匡広公の墓所は、屋根付きの門構えの十数畳程度の広さです。綱元公と元周公のある墓所は、石造りの階段の上にあり結構な広さがあります。ただし、萩にある長州藩主の廟所は、萩の大照院と東光寺にありますが、長府の墓石と墓所とは比べることができないくらい大きくかつ広さを誇っています。本藩と支藩、三十数万石と五万石との違いを認識させられます。

私が興味を抱いたのは、第十三代藩主元周公の左隣にある正室智鏡院さんの墓です。その墓は、元周さんよりも一周りも、二周りも小さく、右側のご主人様に寄り添うように座っておられます。墓標の裏側には、明治三年庚午没と書かれています。明治三年を認識した時、私の父親の生まれた年が明治四十五年で、何だか現在と繋がりがあるように感じました。

智鏡院さんは、どのようないで立ちをされ、どのような生活をされていたのだろうと想像してみたくなりました。どんな女性だったんだろうかと。その墓に思いを寄せていると、智鏡院さんが当時のいで立ちで現れてくるのではないかと、錯覚を覚えました。

ちなみに、智鏡院さんのお父上は、伊予大洲藩第十一代藩主加藤泰幹で、伊予大洲藩は坂本龍馬で有名な〝いろは丸〟の船主だったと、墓所の前の案内板に記載されています。

三日前の令和元（二〇一九）年十月十日昼前に、覚苑寺の智鏡院さんの墓所に続く坂道を上りました。智鏡院さんについて確かめたいことがあったからです。墓所の前に石造りの階段がります。一つの階段が結構高く大股で「よいしょ」と、上る必要があります。七、八段の階段をやっとの思いで上り終わり、墓所に入ると急に息苦しくなり、目の前が暗くなり、次第に記憶がなくなりました。やはり来たかと思いました。何とかこの状況を、打破し、生きなければと強く思い、耐え忍ぶことができました。階段を上る激しい運動により貧血の症状が悪化したのでした。

(三)

高杉晋作は元治元（一八六四）年十二月に、力士隊や遊撃隊などの諸隊を率いて〝功山寺挙兵〟を行いました。ここから長州藩の倒幕への道が開始されました。

功山寺の傍に笑山寺があり、その中ほどを壇具川が流れています。神功皇后が三韓征伐の折に、壇を築いて祭祀を行い、使用した道具等をこの川に流したことからこの名〝壇具〟が付けられたと伝わっています。

壇具川は下って国道九号線と交わります。国道付近の川幅はおよそ十二～三メートル程度です。海側へ向かって、そのすぐ右側に長府観光会館があり、大型バスが停まります。特に休日になると、三、四十人の団体さんがバスから降りて、壇具川沿いに功山寺までの道を散策します。話す言葉から韓国からのお客さんのようです。功山寺を見学すると、壇具川沿いの道を再び下って観光協会へ帰ります。いつも思います。せっかく長府においでになったのだから、功山寺までの往復だけでなく、もっと他の見学地、長府毛利邸、覚苑寺、乃木神社……。

「あと、何だっけ、そんなに見るところは、なかったのか……」

城下町長府バス停から下関駅方面へ、一つ目のバス停が松原、その次が関門医療センターです。関門医療センターの六階東側からおよそ百メートルの距離のほぼ同じ高さに、串崎城跡を目視できます。なぜ六階からかというと、食道破裂の事故で入院していた病室が六階にあり、出たくても出られない状況下で、その風景を羨望の眼差しで眺めていたからです。

関ヶ原の戦の後、毛利秀元は、長府藩主として串崎城を居城としました。しかし、慶長二十（一六一五）年、徳川幕府の一国一城令により串崎城は取り壊され、その東側の隣接地を政庁として居館しました。その隣接地は、現在山口県立豊浦高校敷地として使用され、今でも往時をしのぶ松原門、四王司門などと呼ばれる門を見ることができます。その近くにはかなり大きい石垣が城壁を成し、悠然と鎮座しています。お城があった場所は、現在関見台公園となっており、天気の良い日には三々五々と観光客が訪れています。

串崎城跡とその隣接地である政庁は、周防灘の西側で、関門海峡へ続く水域に面して居館しています。このため、幕末期に関門海峡を通過する外国軍艦からの脅威を避けるために、この地から内陸部の勝山地区へ政庁を移動させました。

私は、壇具川の川沿いを歩いて、功山寺までの散策を好んで行っています。

「あ、そうすると、観光客の道のりと同じだ。この川沿いの散歩が最適なのか……」

ビダーザ療法

四月十五日から、新たにビダーザ療法を開始しました。土日を除き七日間、一日につき六十ミリリットルのビダーザ溶液を点滴します。四月二十三日に一回目の治療が終了しました。五月、六月、七月、八月、九月と同じ治療法を繰り返し行っています。

令和元（二〇一九）年十月十五日、七回目のビダーザ治療のため入院しました。次の日、十月十六日朝採血を行いました。白血球数は五・一でした。ここ数ヶ月間、白血球数は、一・四～二・五（標準値：三・三～八・六×一〇〇〇／μL）の範囲で基準値以下にありました。十月十六日の結果は基準値の範囲内ですが、数ヶ月前の値より高い値を示しています。十月十六日からビダーザ療法を開始し、二十四日に退院しましたが、十月二十三日の白血球は九・七、退院後、十月二十八日は十五・二と高い値を示しました。白血球の増加を抑えるために、十月二十八日からスタラシドカプセル50（朝夕一カプセル）の服用を開始しました。しかし、十月三十一日は十八・三とさらに高くなり、その日から同カプセルを朝夕二カプセルに増やして、服用することとなりました。それにもかかわらず、十一月五日は二十五・五、十一月八日は二十六・一とますます高い値を示しました。

スタラシドカプセルについて、ウエブ検索によりますと、〝白血病や骨髄異形成症候群を治療するお薬です。腫瘍細胞の核酸代謝を抑えることにより、増殖を抑える働きがあります。あなたの病気や症状に合わせて処方されたお薬です〟と説明されています。

スタラシドカプセルを増量し服用してから二日後、下痢や全身に痒みを発症しました。ビダーザ治療中には、便秘となる傾向にあり、解消薬としてマグミット錠を服用しています。便秘気味となったり、下痢気味となったり、辛い毎日です。

しかしながら、白血球の増加により、ふと、次のような考えが頭の中を過ぎりました。

「ビダーザ治療の効果が期待できなくなったのではないか」、と。

十一月十一日、八回目のビダーザ治療のため入院しました。現在、ビダーザ点滴液とスタラシドカプセルを併用しています。十一月十一日は二十六・五、十四日は二十一・三。十七日にスタラシドカプセルを休薬しました。十八日は十五・二、二十日は十・八と低下し退院しました。二十五日は九・四の値を示しています。今後、この水準で推移することを期待し、そして祈るのみです。

ただし、十一月十七日、スタラシドカプセルの服用を休薬したにもかかわらず、十一月二十日に退院後、両足がかゆくて、かゆくて、どうにも我慢できないくらい痒く感じました。

痒いので、我慢できなくて掻いてしまうと、すぐ出血してしまいました。同時に両足のむくみも認められました。

おわりに

「みなさんいろいろお世話になりました。これから独りでゆきますから」

明治三十八（一九〇五）年五月二十七、二十八日、日本海海戦の折、東郷平八郎司令長官の座乗する戦艦三笠の参謀士官、秋山真之海軍中佐の最後の言葉です。秋山中将は、大正七（一九一八）年二月四日、満四十九歳の若さで、慢性腹膜炎が悪化し、臨終をむかえました。高杉晋作さん満二十七歳没。大村益次郎さん満四十五歳没。

「ま、私は、七十二歳まで生きてこられたのだからいいか」

「それにしても、大過なく七十二年間過ごすことができたことに感謝しつつ、せめて、その刹那くらい偉人の言葉を借りることにしましょうか」

「これからは、虚無の世界を独りで歩いていきますから」

健一さん、信洋さん、和美さん、そして新たに加わった瑠美さん、あなた方は私にとってはかけがえのない家族でした、坂部さん、岡野さん、有難うございました。その他大勢の方々のご尽力により、今日まで生きることができました。感謝申し上げます。

最後に、大変お世話になりました。亡き上さんへ。
「話は終わりましたが、私は、まだ生きていますよ～」

手島和之南行

（了）

父から託された最後の仕事

私がここで文章を記す機会はないはずでした。しかし父が本書の出版を見届ける前に旅立ってしまいました。もし自分が道半ばで倒れることがあれば、出版まで引き継いで欲しいと頼まれておりました。幸い文章は完成しており、父による校正も終わっておりましたので、本当に最後の校正が父から託された最後の仕事になりました。

本書をすべて読み終え、今まで断片的に話を聞いていたことが、一つの物語として私の中でつながりました。こうして父の人生の一部を振り返ってみると、本業と鮫の研究の二足の草鞋を履いていたために、思う通りにならないことが多かったと思います。しかし、本書の中でもあったように、鮫の研究があったから本業も頑張ることができたのだと思います。

私が中学一年生の時に父の研究に一度だけ同行する機会がありました。それは石垣島の鮫狩りの時です。その当時私は父が何をしているのか分かりませんでした。覚えているのは匂いです。捕獲されたサメは市場に水揚げされます。鮫は死ぬと強烈なアンモニア臭がします。その匂いとともに当時の風景が今でも目に焼き付いています。父も鮫の豊富なこの地で研究をしたかったであろうと思いますが、残念ながらその願いは叶いませんでした。

さて私はと申しますと、母校で技官を三年間勤めましたが、大学の教員としてスタートラインに立つことなく、まったく畑違いの仕事をしております。

父と私が好きな映画に、山形県の下級武士を取り上げた作品があります。その映画の一場面で寺子屋に通う娘が父親に質問をします。「針仕事は覚えれば将来仕事をする役に立つが、学問は何の役に立つのか」と言いました。すると父親は「学問は針仕事のようには役に立たないかもしれない。しかし、学問を修めることができれば自分の頭で物事を考える力がつく、そうすれば世の中が変わっても考える力を使って生きていくことができる」と言いました。私は自分の思う進路を歩むことはできませんでしたが、自分の頭で考える力を養うための時間を父から多く与えてもらいました。そして今、どのような仕事をするにしても、最終的には人に教え、人を育てなければ持続的に物事を続けることはできないだろうと感じております。

父は食道破裂から命拾いしてから何か自分にできることはないだろうか、とよく言っておりました。そんな矢先に白血病になってしまいました。それ以来、今までやってきたことを少しでも残しておくことが自分にできることではないかと思い、本書の執筆を決意したようです。

父の最後の仕事が少しでも皆様のお役に立てれば幸いです。最後まで読んで頂きありがとうございました。

手島信洋（二男）

令和二年三月十五日

◆表、図と写真について

表 1　発表されている文献を基に、手島が作成

表 2　発表されている文献を基に、手島が作成

図 1　手島撮影

図 2　手島撮影

図 3　Teshima, K. and Mizue, K. Studies on sharks. I. Reproduction in the female sumitsuki shark *Carcharhinus dussumieri, Mar. Biol.,* 14(3), 1972 （Marine Biology に 1972 に発表）

図 4　図3と同じ

図 5　Teshima, K., Studies on the reproduction of Japanese smooth dogfishes, *Mustelus manazo* and *M. griseus, J. Shimonoseki Univ. Fish.,* 29(2), 1981（水産大学校研究報告に 1981 年発表）

図 6　図5と同じ

図 7　手島和之、資源生物としてのサメ・エイ類、5. 生殖、水産学シリーズ No. 49、恒星社厚生閣、2007

図 8　図5と同じ

図 9　図7と同じ

図 10　図5と同じ

図 11　図5と同じ

図 12　発表されている文献を基に、手島が作成

図 13　発表されている文献を基に、手島が作成

図 14　アメリカ人の友人が撮影

図 15　Teshima, K., Kamei, Y., Toda, M. and Uchida, S., Reproductive mode of the tawny nurse shark taken from the Yaeyama Islands, Okinawa, Japan with comments on individuals lacking the second dorsal fin. *Bull. Seikai Natl. Fish. Res. Inst.,* (73), 1995（西海区水産研究所研究報告 (73) に 1995 年に発表）

図 16　図 15 と同じ

図 17　Teshima, K., Yamamoto, M. and Kakiya, M. Sharks found and confirmed in the Seto Inland Sea between 1992 and 1998. *Bull .Tohoku Natl. Fish. Res. Inst.,* (64), 2001（東北区水産研究所研究報告 (64) に 2001 年に発表）

図 18　図7と同じ

◆世界のサメ類の分類を扱った本（現場で同定をする際に極めて有効な本）

Compagno, L.J. V., Dando, M. and Fowler, S., Sharks of the world, Princeton Univ. Press, 2005（アマゾンで購入可能。2020年4月現在、￥3,600）

Compagno, L.J.V., FAO species catalogue, Vol. 4. Sharks of the world, An annotated and illustrated catalogue of shark species known to date, Part 1 – Hexanchiformes to Lamniformes, Rome,1984

Compagno, L.J.V., FAO species catalogue, Vol. 4. Sharks of the world, An annotated and illustrated catalogue of shark species known to date, Part 2 – Carcharhiniformes, Rome, 1984

Compagno, L.J.V., FAO species catalogue, Sharks of the world, An annotated and illustrated catalogue of shark species known to date, Vol. 2, Bullhead, mackerel and carpet sharks (Heterodontiformes, Lamniformes and Orectolobiformes), Rome, 2002

（下3冊は、ウエブで検索し、無料で閲覧可能）

◆著者紹介

手島　和之（てしま　かずゆき）

昭和22（1947）年、山口県下松市生まれ。水産大学校（現・国立研究開発法人水産研究・教育機構水産大学校）漁業学科卒業。長崎大学大学院水産学研究科修士課程修了（水産学修士）。京都大学農学博士（論文題目「日本産ホシザメとシロザメの生殖に関する研究」）。平成20（2008）年3月、国立研究開発法人水産研究・教育機構水産研究所を定年退職。令和2年2月4日、永眠。享年72歳。著書に『サメへの道―サメ研究30年の成果』（文芸社）がある。

サメを追っかけ、病にも追っかけられて

2020年6月4日　　第1刷発行

著　者　　手島　和之

発行者　　手島　和之

装幀・画　　DESIGN ROOM Neo Sense　岩亀好恵

発　行　　株式会社ロゼッタストーン
山口県周南市八代828-7（〒745-0501）
電話　0833-57-5254　FAX　0833-57-4791
E-mail　staff@rosetta.jp
URL　http://www.rosetta.jp

印刷所　　三恵社

万一落丁、乱丁があれば、当方送料負担で、お取り替えいたします。
小社までお送りください。

ISBN978-4-947767-18-9　C0095